NÅGOT ATT SIKTA PÅ

av

Jan Glantz

Pärmfoto: Ari Aho (föreställer Beda Stjerncrantz målning
Rabbelugn)

Julkaisija: BoD – Books on Demand, Helsinki, Suomi

Valmistaja: BoD – Books on Demand, Norderstedt, Saksa

ISBN: 9 789523 189317

PROLOG

September

Året innan

Hon hade planerat mordet på sin make i flera månader och alla detaljer hade tagits i beaktande. En kedjereaktion av små händelser skulle leda till hans oundvikliga död. Alla dessa små detaljer var beroende av varandra, men hon var inte orolig för att något skulle gå snett. Även om mordet misslyckades, skulle inga spår leda till henne och hon fick då i lugn och ro planera nästa steg. Det var något att sikta på.

Sofia Strömstam hade planerat mordet under en månads tid. Hon hade mätt avstånd, tagit tid med klockan och studerat solens strålar. Hon hade tränat hunden och iakttagit dess beteende. Hon hade kalkylerat sannolikheter och begrundat den optimala tidpunkten för mordet. Hennes make skulle dö i ett vittnes närvaro och denne skulle vid behov tvingas att medge hennes alibi.

Det bästa var, att ingen skulle förstå att det var ett mord, utan det skulle betraktas som en tragisk olyckshändelse.

Sofia tittade omkring sig för att ännu en gång gå genom alla detaljer. Bara ifall något oförutsett skulle dyka upp i sista stund. Något som gjorde att hon måste skjuta upp dådet. Hon fnissade för sig själv. "Skjuta upp." Inga skjutvapen skulle vara inblandade i det perfekta brottet. Det fanns varken pistol eller gevär att sikta med. Även det var något att sikta på.

Hon tittade upp mot den molnfria himlen och lyfte handen för att skymma ögonen. Sofia följde solstrålarna, som lyste upp stranden mittemot platsen där hon stod. Strax bakom den avlägsna stranden skymtade den väg, där hennes vittne skulle komma körande med sin bil. Hon visste att dagens ljus skulle reflektera bilen så att hon såg den väl, när den körde på vägen vid stranden. Inga andra bilar väntades komma längs den stillsamma vägen mot herrgården.

En bred vik avskilde stranden, där Sofia stod, från stranden mittemot. Hon befann sig på den privata udde, som hennes man hade köpt för tio år sedan, långt innan hon hade träffat honom. Sofia visste att det skulle ta exakt två minuter för bilen att komma från stranden, där den reflekterades, till det smala näset, som förband udden med fastlandet. Från det näset skulle det ta ytterligare en minut innan bilen var framme vid den plats där hon stod. Det var under den minuten som allt skulle hända.

Sofia Strömstam tittade en sista gång ut över havet. Hon sniffade i luften som om höstvindarna hämtade med sig en lukt av fara. Som om en instinkt ville avråda henne från det enorma brottet i sista stund. Hon kände inget. Nästa gång hon tittade ut över havet skulle hon vara änka. Hon skulle vara Sofia Andersson igen, för hon tänkte ta tillbaka sitt flicknamn efter att hennes man var död.

Hon vände om sig och tittade på herrgården, som snart skulle vara helt och hållet hennes. Byggnaden hade två våningar och dess rappade vägg hade målats gul för fem år sedan. Framför själva byggnaden hade man i tiderna byggt en pompös ingång, som bestod av en rad med tre tjocka pelare. De höll upp ett tak, som samtidigt fungerade som golv till en utomhusveranda på herrgårdens andra våning. Sofia tittade upp mot verandan och kollade att allt såg ut som det skulle. Hon gick mot ingången och stannade en bit utanför pelarna för att ännu en gång titta upp mot verandans kanter. Allt verkade vara OK. Hon gick mellan pelarna in i herrgården.

Sofias man, Atte Strömstam, var i full färd med att tvätta tamburens fönster vid ytterdörren. Det var en viktig del i hennes plan och Sofia hoppades på att Atte inte skulle vara alltför snabb med sin uppgift. Hon hade beställt hans fönstertvätt som en del av herrgårdens höstrutiner och Atte hade inte haft något emot att det skulle utföras just denna dag. Hon serverade sin äkta make ett brett leende och han besvarade det glatt. Sofia lade till en nästan omärkbar blinkning för att väcka hans intresse. Det skulle behövas senare.

Sofia sade ingenting, men hon gick självmedvetet mot trapporna som vette till andra våningen. Hon visste att Atte följde henne med blicken. Även om sovrummet befann sig på andra våningen, visste hon att Atte inte skulle följa efter henne. Det skulle inte bli några sängkammarbestyr. Deras gäst skulle nämligen anlända snart. Vittnet till Attes död.

I sovrummet stod dörren till verandan på glänt. Precis som den skulle. I dörröppningen låg Titti, deras gamla, gråhakade schäfer. Hunden njöt av det svala höstvädret, som blandades med värmen från rummet. När Sofia närmade sig, lyfte hunden lite på sitt huvud. Den dunkade sin svans två gånger mot golvet av entusiasm att se matte. Ingenting skulle dock få den gamla hunden att resa sig från sin plats innan det var matdags. Fel. En sak skulle få fart på den.

Sofia steg över hunden och gick ut på verandan. Hon gick till kanten och tittade mot näset, varifrån bilens ljud skulle komma. En lätt bris fick hennes långa, blonda hår att svaja och förskräckt vände hon sig mot vinden. Det hade hon inte tänkt på. Om det blåste hårt från fel håll, skulle ljudet från bilen kanske inte nå dem. Hon lugnade sig snabbt. Till och med vädrets makter ville släcka Atte Strömstams liv. Det blåste från rätt håll.

De enorma krukorna stod precis som de skulle. Det bildade en rad längs verandans kant som om de vore ett räcke. De fylldes av färggranna blommor, som fortfarande piffade upp herrgårdens fasad även om sommaren var över. Raden med blommor mitt längs väggen fick det att se ut som om herrgården hade en vacker rosett. Det vackra bandet var dock dödligt.

Krukorna hade köpts in förra våren för att fungera som ett naturligt räcke till den renoverade verandan. De var så tunga att det hade behövts en lyftkran för att placera dem på verandakanten på just den plats där pelarna nedanför höll upp taket, eller verandans golv. Ett misstag hade dock gjorts vid planeringen av verandan. Det fattades en kruka, och det ledde till att räcket inte blev komplett. Under hela sommaren hade det varit en öppning i bandet av krukor. Små barn förbjöds att gå till verandan för att de inte skulle trilla ner på marken framför herrgårdens ingång. Det var efter det som Sofia fått sin idé om hur hon skulle bli av med sin make.

Sofia lade båda händerna på den kruka som hon hade köpt en vecka tidigare. Under morgonen hade hon placerat krukan i den öppning som hade retat dem hela sommaren sedan räcket hade bristfälligt skapats. Öppningen i räcket hade äntligen täppts till. Bandet av krukor såg äntligen komplett ut även om det inte var det. Sofia ruckade på krukan och konstaterade belåtet att den var lättare än de andra, bestående krukorna, som var så tunga att ingen skulle kunna flytta på dem. Den nya krukan var ändå tillräckligt tung för att vara dödlig.

Hon tittade över sin nyanskaffade kruka mot platsen nedanför. Allt var klart. Sofia tittade på sitt armbandsur och konstaterade att hon hade fem minuter på sig.

När hon gick tillbaka över verandan för att stiga in i sovrummet, stannade hon plötsligt upp. Hon såg att Titti stirrade på henne. Anade hunden något? Schäferns stora bruna ögon tittade rakt i Sofias blåa ögon med en gammal tiks klokhet. Sofia kände hur något högg i hennes hjärta och hon mindes de fem år som hon hade känt Titti och Atte. Det var Tittis öde som bekymrade henne. Hon böjde sig ned och klappade tiken på huvudet. Den gamla hunden lade sig tillrätta igen och Sofia gick nedför trapporna.

När Sofia passerade sin fönstertvättande man, sökte Atte hennes blick med sin. Hon besvarade honom och log igen. Han höll på att avsluta torkandet med en handfull tidningspapper. Sofia fortsatte ut och ställde sig strax framför pelarna, platsen för blodsdådet.

Sofia tittade ännu en gång upp mot räcket och krukan, som glänste nyare än de andra. Hon mindes öppningen som varit på det stället tidigare och hur hunden hade stått där, ivrigt skällande. Varje gång tiken hörde ljudet från en bil, som närmade sig gården, brukade den rusa huvudlöst ut på verandan. Titti brukade ställa sig i öppningen mellan två tunga krukor utan att falla eller hoppa ned. Nu fanns den öppningen inte längre.

Sofia drog djupt efter andan. Hon började känna fjärilar i magen, men ingenting skulle få henne att slopa planen. Om en stund skulle hennes man vara död. Hon kände hans blickar i sin rygg, när hon blickade ut över fjärden. Hon andades i korta andetag och hon ville hellre dra lungorna fulla med frisk luft. Det gick inte och hon tittade nervöst på sitt armbandsur. Det skulle ske strax. Hennes vittne, Attes brorson, brukade vara punktlig.

I samma stund reflekterade höstsolen bilens lackerade ytor över fjärden. Den kändes som en bedövande laser och det var det dags att agera. Reflektionen av den ankommande bilen försvann bakom några buskar. Sofia hade två minuter tid att locka Atte till döden. Två minuter innan bilen skulle styra tören från näset tör att närma sig herrgården.

Sofia vände om sig och tittade Atte rakt i ögonen. Ordlöst nickade hon med sitt huvud bakåt så att han skulle förstå att komma ut. Han var inte sen att lyda. Herrgårdens ägare lade ämbaret med fönstertvättmedel åt sidan och gick ut mellan de vitmålade pelarna. Under några sekunders tid tittade han förnöjt på sin hustru. Många hade kallat henne för kall, men Atte själv tyckte att hennes stil var lämplig för honom. Och aldrig hade hon sett så passionerad ut som nu.

När hon lyfte sina armar för att locka honom till henne, var han inte sen att lyda. Hennes oväntade, spontana kärleksbehov var för bra för att låta gå till spillo. Med en bamsekram omfamnade han sin hustru och han lät henne leda dem till en plats vid en av pelarna. Ömt lade hon sina handflator över hans öron och dirigerade sin mun mot hans läppar. Han njöt till fullo av den långa, passionerade kyssen.

När vinden förde med sig ljudet av en bilmotor, förstod Sofia att det var endast några sekunder kvar. Bilen hade nått näset, varifrån bilens ljud hördes till deras strand och gård. Hunden en våning ovanför hade redan spetsat öronen och hört ankomsten en eller två sekunder tidigare. Sofia hörde trummandet av tassarna från en 30 kg tung schäferhund som rusade med alla krafter över verandans golv. Sofia kysste Atte allt hetare och tryckte sina händer mot hans öron för att han inte skulle höra faran.

Med hela sin kroppsvikt ställde Titti sina framtassar på krukan, som stod på den plats dit tiken alltid brukade rusa för att titta på antågande bilar. Så fort hunden såg bilen över krukan, började den skälla. Vid det laget hade krukan redan vält över terrassens kant och föll tungt en våning nedåt.

Sofia kämpade med tre uppgifter samtidigt. Hennes läppar och tunga distraherade Atte. Hennes blick sneglade uppåt mot verandan och krukan, som gav vika under hundens tyngd och tassar. Hon samlade krafterna i sina händer för att styra Attes huvud mot den fallande döden. Allt skedde så snabbt att Atte knappt hann registrera Tittis oväntade skall.

Bilens chaufför, Attes brorson, närmade sig den ståtliga herrgården och han förväntade sig höra Tittis sedvanliga skall under vilken sekund som helst. Välkomsthälsningen hördes men samtidigt såg han något konstigt. Från verandan störtade en kruka rakt på en man som han genast identifierade som farbror Atte. Han såg ut att brottas med sin hustru Sofia, vilket förbryllade Attes brorson. Det olycksbådande kraset från krukan – eller Attes huvud – hördes till och med över motorljudet. Attes brorson tvärbromsade. Han rusade ut från bilen.

Det fruktansvärda kraset skrämde henne, och Sofia dämpade sitt spontana skrik till en gäll flämtning. Attes kropp spändes i hennes omfamning, men blev därefter omedelbart slapp. När hon såg blodet forsa ut från ett sår i hans bakhuvud och nacke, förstod hon att planen hade lyckats. Atte sjönk ihop som en säck mellan hennes armar och när hon såg hans förbluffade, oseende blick, blev hon ännu mera övertygad om att det hade gått som planerat.

Sofia tittade uppåt och möttes av djurets blick. Något hade förändrats i Tittis blick sedan stunden några minuter tidigare, då hunden hade tittat på henne med sina stora, bruna ögon. Till Sofias förvåning stirrade hunden inte på resultatet av sitt verk, sin livlöse husse, utan på henne. Tikens gamla, kloka blick genomborrade Sofia som om hundens matte var något att sikta på. För en sekund var Sofia orolig för att djuret skulle hoppa på henne uppifrån.

Samtidigt hörde Sofia att springande steg var i antågande. Vittnet till Atte Strömstams död, hans brorson, närmade sig och Sofia var tvungen att fortsätta sitt skådespel. Som en hund ylade hon chock, saknad och förtvivlan. Över sin döda äkta hälft.

KAPITEL 1

Början av augusti

Söndag

"Men det gick inte exakt som hon hade planerat?" konstaterade Stefan med en frågande röst.

"Nej, Atte dog alltså inte, utan blev totalförlamad", sade Levi med en ödesdiger ton.

"Och allt detta skedde i september ifjol, och nu dog han i maj", fortsatte Stefan. "För tre månader sedan."

Ingen av oss sade något. Det behövdes en stunds tystnad för att allt det hemska skulle sänka sig in i våra sinnen. Jag hade hört Levi berätta den fruktansvärda historien, men ville inte lyssna mera. Det kändes som om mina händer ville slå mot mina öron så att jag inte skulle behöva höra mera. Eller så att jag inte skulle behöva höra ett hundskall, eller trummande hundtassar, som varnade för en antågande död. Det kändes som om en alltför stor muntugga höll på att pinsamt långsamt sjunka ned mot magsäcken.

Jag tittade på de råa biffarna på tallriken framför oss, och kände hur aptiten gick upp i rök. Jag gick till fönstret och tittade ut över fjärden.

Framför fönstret vilade skärgården i all sin prakt. Vi befann oss på en mindre udde, som var en del av Hangö udd. Vi befann oss i herrgården, där det hemska hade skett. Jag önskade att historien hade varit en spökhistoria utan verklighetsgrunder, men den var lika sann som att jag hette Jonas Österfelt och att jag var en arbetslös förlorare, som lekte privatdetektiv. Och att jag hade tillkallats till Västnyland för att bekanta mig med den hänsynslösa Sofia Strömstam.

Jag följde synfältet över fjärden till stranden mittemot. Jag föreställde mig bilen, som körde vid stranden, och jag fortsatte min blick till näset, där den föreställda bilen skulle vara två minuter senare. Sedan följde jag vägen, som ledde rakt till herrgården, där vi befann oss. Under den minut som bilen körde från näset till herrgårdens förgård, hade Levi Strömstam sett sin farbror bli utsatt för ett fruktansvärt mordförsök. Levi var nu i full färd med att berätta sin historia för Stefan Rundberg och mig.

Polismannen Stefan Rundberg hade ringt mig dagen innan och frågat om jag fortfarande var intresserad av att utreda brott, som polisen inte undersökte aktivt längre. Jag hade bett honom att berätta mera och jag hade fått höra historien om Atte Strömstam och hans mordiska fru Sofia. Attes brorson Levi var fullt övertygad om hur Sofia hade planerat mordet på sin make även om inget kunde bevisas. Levis goda vän, polismannen Stefan Rundberg, hade inte kunnat hjälpa honom mera. Levi hade lovat en stor ersättning för den som fick fast Sofia, och det hade väckt mitt intresse. Jag hade lovat att resa till Hangö för att lyssna på hela historien. Dessutom ville jag inte vara till besvikelse för Stefan Rundberg, som hade hjälpt mig med ett fall några månader tidigare.

Mina tankar gick tillbaka till människors hänsynslösa grymhet. Det var något som jag inte hade kunnat förknippa med Västnyland, den trygga region där jag hade vuxit upp. Därifrån hade jag själv flyttat för 20 år sedan. För några månader sedan hade jag återvänt till min hembygd för att reda ut ett dödsfall. Jag hade bränt mina fingrar rejält och rest till Thailand för att slicka mina sår tillsammans med min barndomskamrat Peter Ginst. Efter resan hade jag varit glad och optimistisk en tid, men sedan hade mina arbetslösa demoner börjat pina mig igen. Jag hade varit besviken på min barndom, mina vänner, min arbetsförmåga, allt. Tills en ny människas hänsynslösa grymhet hade lockat mig till en privatdetektivs sysslor igen. Ett nytt fall. Sofia Strömstam.

Jag lyfte mina fingrar mot min näsa, för jag behövde känna något behagligt medan den obehagliga berättelsen vecklades upp för mig. Tidigare samma dag hade jag plockat sensommarens smultron, och den söta doften hade fastnat under mina naglar.

"Jag förstår att vi har mycket att reda ut", sade jag med en djup suck. "Både mordförsöket på Atte och det som slutligen blev hans död."

"Betyder det att du åtar dig fallet?" frågade Levi Strömstam förhoppningsfullt.

"Jag vet inte ännu", sade jag. "Vi måste gå genom allt det som hänt så att jag kan uppskatta hur många intervjuer jag blir tvungen att utföra. Jag förstår att vi har en tidsgräns inblandad också, och att det påverkar målet med undersökningarna."

"Nåväl", sade Levi otåligt. "Vi får väl ta en sak i gången. Vad skall vi börja med? Bakgrundsfakta?"

"Det låter bra", sade jag vänligt.

"Och jag skjuter in lite myndighetssynpunkter ifall det behövs", sade Stefan.

"Atte Strömstam förtjänade sina miljoner för tjugo år sedan. Han var en pionjär med IT-komponenter och han jobbade dag och natt. När han erbjöds miljoner för sina uppfinningar, var han inte sen att tacka ja. Ett storföretag ville ta över hans företag och han fick själv möjligheten att varva ned. Atte lyckades investera sina miljoner väl och han levde gott under sina sista 20 år."

Jag försökte lägga mina egna tankar åt sidan. För tjugo år sedan hade jag själv utexaminerats från universitet, fått ett arbete inom mediebranschen, och sedan hade jag blivit arbetslös. Mina dagar var inte en finansiell kamp för jag levde med små inkomster men små utgifter i min egna, lilla bostad i Vallgård i Helsingfors. Bristen på arbete gjorde mig ändå bitter. Jag hade svårt att förstå människor som kunde få ett arbete, men som inte ville utnyttja möjligheten. Oberoende av om man inte behövde en lön för att klara av sina utgifter eller inte.

"För fem år sedan lämnade Atte sitt ungkarlsliv bakom sig", fortsatte Levi. "Först som 50-åring. Han träffade den vackra, blonda Sofia Andersson, och de gifte sig även om det var en 25 års åldersskillnad mellan dem. Sofia flyttade in här på herrgården, som Atte hade köpt för 10 år sedan. Lappkulla herrgård hade tidigare tillhört Strömstams släkt och därför köpte han den gärna. Strömstams har bott på Hangö udd under flera generationer redan. Men nu är hela släktens framtid beroende av mig. Atte är nu död, liksom hans bror, min pappa, som dog i leukemi för tio år sedan."

Jag förstod betydelsen av släktband och deras förbindelser till vissa orter. Själv hade jag vuxit upp i Fiskars bruk, där gamla finsmedssläkter fortfarande stolt presenterade brukets gamla byggnader, där deras förfäder hade jobbat från morgon till kväll. Jag hade också tillbringat tid i von Dunderholms herrgård Lillböle som liten, eftersom Hubertus von Dunderholm hade varit min barndomsvän. Lillböle liknade faktiskt lite Lappkulla.

"Så vi kan anta att motivet har att göra med arvet efter Atte", sade jag surt. von Dunderholms arvstvist var fortfarande alltför färskt, liksom allt det utnyttjande som förknippats med det några månader tidigare.

"Naturligtvis" grymtade Levi. "Atte har inga andra arvingar än Sofia och jag. Jag ärver ingenting, eftersom jag inte är en direkt bröstarvinge, så allt går till Sofia."

"Men det förändras om det visar sig att Sofia har utfört mordet för att få tillgång till sin mans arv", påpekade Stefan. "En brottsling skall inte få bära frukterna av ett brott, som han har begått. Om det visar sig att Sofia har mördat Atte för att få hans arv, kan dödsboets förrättare kräva att arvet inte går till henne utan till nästa i arvsordningen."

"Attes brorson", sade jag med blicken fäst i Levi. Jag hoppades att jag inte skulle bli förd bakom ljuset och utnyttjad i denna tvist. Att det inte skulle visa sig att Sofia trots allt var oskyldig och att min uppdragsgivare gjort allt för att förvirra poliser och förrättare för att få tillgång till arvet.

"Om vi antar att Sofia är skyldig", sade Stefan, "... vilket vi alltså inte har kunnat bevisa, finns det en risk att hon får arvet, flyttar det till ett annat konto och använder arvet. Oberoende av om det dyker upp bevis för hennes skuld senare. Hon kan till och med bli dömd till fängelse, och sedan använda pengarna i ett skatteparadis senare när hon har blivit frigiven. Utan att vi i praktiken kan göra något."

"Därför är det viktigt att vi hittar bevis mot henne innan arvet betalas ut", tillade Levi.

Jag kände att vi höll på att komma till kritan.

"Boets förrättare har alltså gett en tidsgräns", sade jag bistert.

"Ja, förrättaren anser att det inte finns något skäl att hålla arvet från änkan, då det inte finns några som helst bevis mot henne. Bouppteckningen har varit klar en tid redan och arvet kommer att betalas ut åt henne om två veckor."

Levi såg ynklig ut. Stefan såg medlidsamt på sin vän. Jag tittade på dem båda som om det låg en hund begraven. Det kunde inte vara sant. En mörderska skulle bli rik om två veckor, om vi inte hittade bevis mot henne innan dess. Det kändes svårt att arbeta under en tidspress. Trots det var jag intresserad.

"Berätta lite mera om arvet", sade jag. "Det består alltså av herrgården och pengar, antar jag. Fanns det äktenskapsförord, till exempel?"

"Inga äktenskapsförord", sade Levi. "Det betyder att Sofia äger hälften av herrgården redan nu som äkta maka. Det rår jag inte på. I praktiken får hon alltså hela herrgården till sitt förfogande. Sofia bor som bäst på herrgården och även jag får vistas här, åtminstone tills Sofia har fått arvet. Därför bjöd jag er herrar hit, till platsen där allt hände."

"Sofia väntar alltså i praktiken på de andra tillgångarna", konstaterade Stefan.

"Ja, det finns miljoner och åter miljoner i depositioner och fonder. Förrättaren kommer att lösa in dem under de närmaste två veckorna, och därefter betala arvet som en penningtransaktion till Sofias konto."

"Pengarna kommer till hennes konto och därefter kräver skattebjörnen sin del av arvet som arvsskatt", sade jag fundersamt.

"Precis, såvida hon inte har flytt med pengarna till ett land, där ingen rår på henne", sade Levi oroligt. "Men det är inte arvsskatten som oroar mig. Det börjar bli bråttom med att göra något åt saken. Vi har inte kunnat övertala förrättningsmannen att vänta med utbetalningen, eftersom brottsundersökningarna är över och inget tvivelaktigt har dykt upp."

"Okay, vi har alltså två veckor tid på oss att intervjua andra misstänkta", sade jag. "Och framför allt, prata med Sofia själv för att se om vi kan få fast henne för något."

"Jag lovar dig två procent av hela arvet om det kommer till mig", sade Levi med en arbetsgivares myndiga röst. "Stefan sade att han inte kan ta emot något arvode, men att han gärna hjälper dig med att få häxan bakom lås och bom."

Jag räknade tyst för mig själv hur mycket som kunde vara på kommande och beslöt mig snabbt för att tacka ja. Om det bara fanns ett sätt att hitta bevis mot Sofia, skulle jag nog hitta det. Om det sedan skulle bli intensiva två veckor eller inte.

"Vad behövs det i praktiken för att övertyga förrättaren om att pengarna inte bör betalas?" frågade jag. "Jag menar, vi kommer ju inte att få henne dömd inför domstol inom två veckor."

"Alldeles", medgav Stefan. "Om vi har starka, nya ledtrådar, kan han bli övertygad. Speciellt om de är så starka att vi får ta in henne för nya förhör. I det fallet kan han bli tvungen att skjuta upp utbetalningen."

"Det är något att sikta på", sade Levi. "När vi väl har vunnit mera tid, kan vi, eller snarare polisen, samla in bevis som gör henne dömd i rätten, och därefter får upprättaren ta ställning till vart arvet i själva verket bör gå."

Jag tittade på den unge mannen framför mig. Levi Strömstam var i 20-årsåldern, men han hade fått ett grepp om situationen och han var fast besluten om att få sin farbrors miljoner. Ville han lägga vantarna på pengarna med alla tänkbara medel, även olagliga? Var den hemska historien om den fallande krukan helt sann? Höll Levi på att smutskasta Sofia så att vi skulle ta för givet att hon var skyldig till ett hänsynslöst mord?

"Vi måste gå genom alla detaljer kring mordförsöket och mordet ännu", konstaterade jag försiktigt. "Det är inte helt bekvämt att utgå från att Sofia är skyldig, speciellt då jag inte har träffat henne ännu. Även om mitt arvode beror på faktumet att hon bör vara skyldig. I själva verket kommer jag nog att behöva ett arvode, speciellt för utgifterna, även om arvet i sista hand trots allt inte går till dig."

"Naturligtvis", fräste Levi otåligt. "Vi kommer nog att komma överens om det. Huvudsaken är att vi kommer igång nu, så snart som möjligt."

"Jag antar att Stefan har berättat att jag inte är en auktoriserad privatdetektiv ännu?"

Stefan tittade förbluffat på mig.

"Jag har hela tiden antagit att du har licens från inrikesministeriet, som man bör ha", stammade han. "Jag förstår att i våras var situationen annorlunda, då du bara gjorde intervjuer, men nu..."

"Det blir nog bara intervjuer nu också", avbröt Levi. "Jag tror inte att det behövs några andra formella krav för att hitta sanningen. Det blir ju faktiskt inga traditionella privatdetektiv-fasoner med skuggning och skjutvapen och sådant. Och dessutom har vi inte tid med att leta efter en byråkratiskt auktoriserad privatdetektiv just nu."

"I höst har jag för avsikt att gå den obligatoriska väktarkurs som behövs för att man skall få privatdetektivlicens", påpekade jag.

"Okay, vi kan diskutera senare vad du får göra som intervjuande privatperson och vad som bara auktoriserade privatdetektiver får göra", sade Stefan försiktigt och även Levi nickade.

"Då är vi ense", sade jag präktigt. Det kändes skönt att jag hade lärt mig att stå på mig även om jag var arbetslös. Under mina diskussioner med min vän Peter Ginst i Thailand hade han berättat hur viktigt det var att ta alla möjligheter i beaktande, och att man försökte gardera sig mot värsta scenariot.

"Kanske jag kan visa er runt här i herrgården. Så att ni ser med egna ögon var allt skedde", föreslog Levi. "Även om Stefan redan flera gånger på yrkets vägnar har gått genom allt?"

"Jo, för mig går det nog bra", sade polismannen. "Var det så att Sofia kommer hem först sent ikväll?"

"Ja, hon är i Helsingfors på uppköp", sade Levi bistert. "Med sina blodspengar."

"Hur känns det att bo här tillsammans med henne?" frågade jag.

"Det har varit en förskräcklig sommar", sade Levi uppriktigt. "Jag studerar juridik vid Helsingfors universitet, så jag har en studielägenhet där. Men jag hann hyra ut den inför hela sommaren innan allt brakade lös här. Tanken var att jag skulle tillbringa sommaren här på farbrors gård och så blev det även då han dog i maj. Först i september kan jag flytta tillbaka till min lägenhet i Helsingfors och jag kommer aldrig att återvända hit. För Lappkulla gård kommer nog att förbli i Sofias grepp, hur det än går med resten av arvet."

"Känner hon en lika hård antipati mot dig som du känner gentemot henne?" frågade Stefan.

"Hon är kall", utbrast Levi. "Hon är så iskall att man överhuvudtaget inte vet vad hon känner. Hon leker en sörjande änka för hon tror att hon har begått det perfekta brottet. Att hon inte har något att frukta. Därför tolererar hon mig, polisen och alla som jag bjuder hit för att undersöka farbror Attes död. Hon är till och med samarbetsvillig, vilket du kommer att få se, Jonas. Hon kommer att svara på alla dina frågor på ett älskvärt, iskallt sätt."

"Ni bor antagligen i olika flyglar", antog jag.

"Naturligtvis. Hon bor i övre våningen och jag i första våningens östra flygel. Vi stöter sällan på varandra."

"Okay", sade Stefan. "Vi kanske startar vår upptäcktsfärd ute?"

Levi Strömstam grep tallriken med de gråröda biffarna och vi följde efter honom. Han hade lovat oss en middag. Vi lämnade herrgårdens kök, där vi hade suttit tills nu och gick ut. Jag tittade på tamburens fönster och undrade för mig själv om någon hade tvättat dem sedan den där ödesdigra dagen i september, ett år tidigare. Vi passerade de vitmålade pelarna och instinktivt tittade jag uppåt mot raden av tunga krukor, som stod på andra våningen vid verandans kant. En öppning i räcket visade var den dödliga krukan hade varit placerad. Tydligen hade ingen täppt till öppningen under året som hade gått.

"Titta här!" sade Stefan och böjde sig på knä en våning nedanför öppningen i verandans rad med krukor. Vi stod framför husets pelare på en liten förgård, som bestod av vackra stenar inmonterade i betong. Stefan pekade på en av betongskarvarna mellan stenarna. Betongen hade spruckit och en bit hade lossnat.

"Jag trodde att krukan träffade Attes huvud", sade jag förbryllat. "Då kan den inte ha fallit så hårt mot marken att den fick betongen att spricka."

"Alldeles", sade Levi triumferande. "Jag upptäckte skadan första gången en vecka innan krukan träffade farbror och jag är säker på att sprickan inte hade funnits innan dess. Men då kunde jag inte förknippa skadan med det som skulle ske en vecka senare."

Kalla kårar sköt upp och ned längs min ryggrad. Det kunde väl inte vara så att...? Kunde hon ha varit så kallblodig?

"Jag är säker på att Sofia gjorde en generalrepetition av mordet innan hon bestämde sig för att utföra det", bekräftade Levi när han såg mitt äckel.

"Vi har lyckats spåra krukorna till trädgårdsaffären och hon köpte faktiskt två i augusti ifjol", sade Stefan. "Månaden innan krukattacken. Ingendera finns kvar."

Jag var mållös. Mina tankar gick till den stackars gamla tiken. Titti.

"Hur förklarar Sofia själv den andra krukan?"

"Hon säger att den trillade ner när hon skulle placera den på sin plats redan i augusti", sade Stefan bistert. "Efter det placerade hon den andra krukan, som sedan föll på hennes makes skalle. Vi kan inte bevisa att någondera krukan skulle ha fallit med avsikt."

"Ni menar att hon redan tidigare lockade Titti till verandan för att se hur hunden reagerade med krukan?" Jag hörde att min röst lät gäll.

"Naturligtvis", sade Levi bistert. "Hon kunde väl inte bara basera mordet på ett antagande om hur hunden skulle reagera. Jag tror att Sofia en dag placerade den första krukan i öppningen, lämnade hunden i sovrummet och dörren till verandan öppen. Sedan körde hon iväg med sin bil. Hon åkte en bit mot Hangö och återvände sedan. Sofia visste att hunden skulle höra bilen vid näset för att genast därefter huvudlöst rusa ut på verandan. När Sofia körde mot herrgården såg hon Titti välta krukan, hårt skällande. Precis som hunden förväntades göra. Och allt det övades under en dag, då Atte var någon annanstans."

"Men var hon inte rädd för att hunden skulle lära sig och låta bli att välta den andra krukan följande gången?" frågade jag även om jag innerst inne visste svaret redan.

"Antagligen belönade hon hunden för ett väl gjort jobb, varmed den inte förstod att den måste göra något annorlunda nästa gång." Stefan lät de obarmhärtiga orden flöda över oss, där vi stod under raden med så tunga krukor att inget kunde välta dem.

"Var inte du eller Atte oroliga för krukorna redan när de kom till huset?" frågade jag av Levi nästan anklagande.

"Jag var inte i Lappkulla särskilt mycket under den tiden. Förra sommaren tillbringade jag mest i Helsingfors. Och jag tror att Atte inte blandade sig särskilt mycket i hennes inredningsprojekt."

"Men du var ändå på väg till Lappkulla, när du blev vittne till mordförsöket?"

"Ja, Atte hade bjudit mig till gården för han hade något viktigt att berätta. Så vi kom överens om en speciell tid, och just den tiden utnyttjade Sofia i sin mordplan. Hon visste att jag är punktlig och att jag skulle anlända med min bil just då."

"Sade du att det var Atte som bjudit in dig?" frågade Stefan plötsligt intresserat. "Det var ny information. Vi har hela tiden tagit för givet att det var Sofia som bjudit in dig, eftersom den fastslagna tiden gynnade henne."

"Ja, det var faktiskt farbror som berättade att han hade något viktigt att berätta", medgav Levi fundersamt. "Jag vet faktiskt inte vad han hade tänkt berätta."

"Kanske Sofia vet", sade jag förhoppningsfullt. "Kanske det blir en ny ledtråd. Jag måste fråga henne när jag talar med henne."

Levi gick till en enorm utomhusgrill, som hade placerats mellan två rosenbuskar. I augusti höll de röda rosorna på att vissna, och blommorna hängde tröstlöst mot marken från sina veka skaft. Den unge mannen knäppte på grillen och det började fräsa under locket. Han placerade inte biffarna i grillen ännu, för den var inte tillräckligt varm ännu.

Han ledde oss till den sandiga parkeringsplatsen, där Stefans röda personbil var parkerad bredvid min pappas bil, som jag hade fått låna. Kvällen innan hade jag anlänt till Ekenäs, där mina föräldrar bodde och där jag skulle övernatta under mina undersökningar. Även pappas bil stod till mitt förfogande. Levis lilla stadsbil var också parkerad på den lilla sandplanen. Det kändes konstigt att den lilla bilen hade varit vittne till det fantastiska mordförsöket på Atte Strömstam. Och att den lilla bilens motorljud hade varit en avsevärd del av mordplanen, då det hade retat Tittis instinkter att rusa ut på verandan.

Utan att säga något tittade vi alla tre mot näset varifrån besökare brukade närma sig parkeringsplatsen, där vi stod. Vi vände våra blickar mot herrgården, dess andra våning och verandan med dess krukor. Som med en synkroniserad rörelse tittade vi tillbaka mot viken och stranden mittemot oss.

Några ungdomar hade anlänt i augustihettan till den allmänna badstranden och de plaskade ljudligt. Vikens vatten förde med sig de förtjusta ropen och vi förstod att Lappkulla hade vant sig vid buller från den andra stranden. Men Titti hörde alltid de mera sällsynta ljuden från det privata näset, och det betydde alltid att besökare var på kommande.

Det kändes som om mordförsöket ett år tidigare var slutbehandlat för tillfället. Det skulle bli svårt eller omöjligt att bevisa Sofias skuld till något av det som hon anklagades för i samband med den fallande krukan.

Samtidigt fäste jag min blick på en sten i herrgårdens trädgård och upptäckte att någon hade ristat in ordet "Titti" på den. Äcklad vände jag mig mot Stefan och Levi, som tittade förväntansfullt på mig.

"Låt oss sikta på att få den där häxan bakom lås och bom", sade jag hätskt. "Berätta hur Atte slutligen dog!"

KAPITEL 2

Söndag

Innan vi gick in i Lappkulla herrgård igen, lade Levi biffarna i grillen. Han sprang efter Stefan och mig till tamburen, där vi redan höll på att ta av oss skorna. Jag kände mig lite orolig för att lämna mina skor obevakade, för några månader tidigare hade det visat sig vara ödesdigert under mitt tidigare uppdrag. Även den gången hade man pekat ut en skyldig åt mig, och allt hade blivit så fel. Jag skulle definitivt vara på min vakt denna gång, även om jag kände en kraftig antipati mot Sofia Strömstam redan innan jag hade träffat henne.

Levi visade oss till herrgårdens andra våning, och vi kom till Sofia och Attes sovrum. Det kändes som ett intrång på någons allra mest privata område och jag fokuserade min blick på dörren till verandan. Ingen hund låg i dörröppningen.

"Titti dog en månad efter att dess husse blev totalförlamad", sade Levi som om han läste mina tankar. "Utan Sofias dåd skulle kanske även hunden vara vid liv idag."

Mina tankar gick till en hund i Fiskars, som jag hade lärt känna några månader tidigare. Som på ett gulligt sätt hade lagt sitt huvud på sned. En golden retriever, som hade hoppat på mig och smutsat ner mina byxor. Jag hoppades att Piggmans hund levde och mådde bra.

Stefan höll dörren till verandan öppen och vi gick ut i den heta augustiluften. Jag var inte intresserad av den fantastiska vyn mot Skärgårdshavet, kobbar och hällar, vindbitna tallar och förtvinade björkar. Jag gick direkt till krukorna och till den ödesdigra öppningen. En liten fördjupning hade hunnit bli nedtryckt i trägolvet av krukans tyngd innan den hade försvunnit från sin plats.

"Jag antar att krukskärvornas fingeravtryck inte avslöjade något speciellt?" konstaterade jag med blicken vänd mot Stefan.

"Nej, där fanns bara Sofias fingeravtryck, precis som vi förväntade oss", sade polismannen.

"Försökte ni rekonstruera det skedda enligt Levis berättelse? Kan det ha gått till så som han berättade?"

"Ja, vi gjorde det en gång innan hunden dog. Det kunde faktiskt ha gått till just enligt berättelsen", sade Stefan kort. "Men det kändes faktiskt asigt att locka hunden att göra samma sak ännu en gång."

Jag instämde. Jag skakade på huvudet som för att försöka vifta bort den skuld som alla människor bar på. Skuldkänslan att vi utnyttjar djuren för våra egna behov. På samma sätt som arbetstagarna och arbetsgivarna utnyttjar varandra. Och på samma sätt som vi arbetslösa inte blir utnyttjade av någon alls. Mot vår vilja.

Vi gick tillbaka till sovrummet.

"Då Atte låg totalförlamad, stannade Sofia här i sovrummet och ett sjukrum inrättades i våningen nedanför enligt Attes behov."

Levi ledde oss trappan ned och vi kom till rummet, där Atte tydligen hade dött. Jag förväntade mig vita väggar, sterila apparater och en anställd skötare. Mina tankar gick tillbaka till Brasilien, där jag hade mött Hubertus von Dunderholms döende mamma föregående april. Jag antog att Maria von Dunderholm fortfarande var vid liv, eftersom inget skvaller om hennes död hade nått mig.

En sjuksäng med justerbara delar dominerade rummet. Sängen såg speciell ut, och jag hade läst någonstans att det behövdes specialarrangemang för att förhindra att sängliggande patienter fick liggsår. En lyftapparat tornade upp över sängen. Vid sidan av sängen hade någon apparatur funnits, men den hade redan transporterats bort till sjukhus och nya patienter.

"Atte fick alltså krukan i huvudet i september ifjol och han blev svårt skadad...", summerade jag, "... och han dog i maj följande år. Det skedde för tre månader sedan. Vad skedde egentligen?"

Stefan och Levi tittade på varandra. Rummet kändes kallt trots augustivärmen. Där hade Atte Strömstam legat i ett års tid ovetande om någonting.

"En dag slutade han andas och det finns några frågetecken i samband med det", sade Stefan bistert.

"Han hade en anställd sköterska." Levi pratade långsamt och det kändes som om han ville att vi inte skulle koncentrera alltför mycket energi på henne. "Hon bodde emellanåt i ett av gästrummen. Hon satt dock inte vid sin patient hela tiden utan ibland lämnade hon honom ensam för korta stunder. En dag i maj återvände hon från ett kort besök i snabbköpet och upptäckte att han hade somnat in för gott. Under hela vintern och våren hade han inte vaknat upp en enda gång för att kommunicera med någon."

"Sköterskan har inte varit misstänkt för något? Och polisen har frågat henne allt man kan tänkas behöva i fallet?"

"Inget visar på att hon skulle vara skyldig", svarade Stefan. "Hon bor i Pojo, och jag tror att du vill intervjua henne i något skede."

"Vilket var Attes tillstånd egentligen under året som han var sängliggande? Ni sade att han blev totalförlamad? Betyder det att han inte kunde berätta något om dagen, då krukan föll på honom?"

"Krukan träffade hans nacke och han blev verkligen totalförlamad", sade Levi. "Hans kroppsfunktioner var i praktiken förlamade, och man måste hålla honom nedsövd för att han skulle hållas vid liv, hur motstridigt det än låter. En respirator hjälpte honom att andas, medan en dropp höll honom nedsövd. Han var vid liv, men han visste ingenting om omvärlden. Allt det kunde skötas här hemma istället för på sjukhus. Tills han somnade in för gott."

"Men om han bara somnade in, varför skulle då mord vara inblandat?" Levi och Stefan hade antytt att något annat skulle ha skett än enbart den fallande krukan.

"Vi kollade respiratorn efter hans död", förklarade Levi hätskt. "Den har en inbyggd logg över händelser, och det visade sig att den hade varit bortkopplad för 10 minuter då han dog."

Jag tittade förbryllat på Stefan.

"Respiratorns tillverkare kollade dess funktioner regelbundet och inget tyder på att den skulle ha varit i olag. Inget tyder på att den skulle ha slutat fungera för en stund av sig självt. Respiratorns tillverkare kan inte förklara det."

"Apparatens underhållspersonal har intervjuats, och inget konstigt har dykt upp där", tillade Levi.

"Kan det ha varit ett tillfälligt strömavbrott?" frågade jag.

"Vi har kollat det och inget tyder på det", svarade Stefan. "Och även i det fallet hade ett inbyggt batteri automatiskt kopplats på i respiratorn. Eftersom så inte skedde, tror vi hellre på att apparatens knappar hade använts."

"Ni tror alltså att någon kopplade bort respiratorn manuellt?" frågade jag. "Och efter tio minuter, när Atte var död, kopplade på den igen för att ingen skulle misstänka mord?"

"Just det", sade Levi. "Och denna någon är Sofia."

Jag tittade mot sängen som om den hade svaret på gåtan.

"Jag trodde att patienter i koma alltid vårdas på sjukhus."

"Atte var inte i koma, utan han var totalförlamad", förklarade Levi. "Det är en viss skillnad. Han förklarades förlamad i vegetativt tillstånd en månad efter olyckan. Sådana patienter kan skötas hemma såvida det finns personal och apparatur tillhanda. Läkarna besökte honom då och då för att uppskatta om det kunde löna sig att försöka väcka honom. Hans tillstånd var dock så dåligt att man inte vågade låta bli att hålla honom nedsövd."

"Men trots det kunde den blivande änkan inte kassera in arvet förrän han var kliniskt död", tillade Stefan. "Och i hans tillstånd behövde Sofia inte vara orolig för att Atte skulle avslöja något om hennes andel i den fallande krukan."

"Så hans död i maj är egentligen lättare att bevisa som ett mord än att mordförsöket på honom i september var något annat än en olyckshändelse?" Jag lät alltför förhoppningsfull. Det måste finnas svårigheter i den teorin.

"Precis", sade Levi kort, vilket verkade konstigt, eftersom det borde gynna honom att Atte slutligen hade blivit mördad istället för att vara enbart ett offer för mordförsök.

"Och ni är övertygade om att Sofia är skyldig till det mordet?"

"Jovisst, men det är inte så simpelt", svarade Levi med en olycklig ton.

"Det är så att Sofia har ett perfekt alibi under den tid, då Atte dog", sade Stefan bistert.

"Och om hon inte kan bindas till mordet, är det svårt att påstå att hon skulle vara skyldig till mordförsöket heller", konstaterade jag.

"Alldeles", medgav Levi. "Ditt jobb blir inte lätt. Men jag föreslår att vi går till köket. Biffarna är säkert klara nu."

Vi satte oss vid köksbordet igen. Levi försvann ut till grillen, och jag tittade tyst på Stefan. Det var en tid sedan jag hade sett den långa polismannen i Ekenäs senast. Jag hade förundrat mig över att en man som hette Rundberg kunde vara så lång och smal. Jag hade lärt mig att uppskatta hans arbetsmoral. För några månader sedan hade vi varit inblandade i ett fall med droghandeln i Västnyland, och en del av mig ville fråga om drogflödet hade täppts till redan. Jag skulle dock säkert få tillfälle att fråga det senare. Nu hade vi ett nytt fall att koncentrera oss på.

"Vi antar alltså att någon kopplade bort respiratorn för att döda honom", tänkte jag högt med Stefan som enda åhörare. "Vi fortsätter anta att denna någon ville få det att se ut som om han hade dött i sömnen. Det betyder att respiratorns logg var ett misstag som inte alarmerade mördaren, eftersom loggfunktionen inte syntes."

"Just det", sade Stefan. "Ingen skulle få veta att någon överhuvudtaget hade varit i hans rum eller ens på herrgården, när Atte dog."

"Fanns det spår av någon annan, när han hittades död?" frågade jag. "Någon annan än sköterskan, som varit borta för en kort stund?"

"Nej, inga spår av inbrott", svarade Stefan. "Och inga spår av att alarmet skulle ha blivit hanterat på något sätt heller."

"Eftersom Attes död inte skulle identifieras som ett mord, brydde sig mördaren inte om att iscensätta ett inbrott. Vilket tyder på att mördaren kände till hur alarmet och huset fungerar."

"Precis, så tror vi. Och mördaren kände också till när sköterskan brukade lämna Attes sida och mördaren visste också att han eller hon hade begränsat med tid för att utföra dådet", fortsatte Stefan tanken.

"Mördaren var kanske gömd någonstans på tomten och väntade på att sköterskan skulle åka iväg?"

"Det är möjligt", erkände Stefan. "Men i varje fall kände mördaren till den kod som kopplade bort alarmet."

"Är alarmet byggt så att det blir en logg varje gång någon kopplar av och på det?" frågade jag.

"Nej, tyvärr."

"Men i varje fall pekar allt mot någon i närkretsen. Och Sofia har alltså ett alibi för den tid, då Atte dog."

"Ja, så är det. I praktiken kan jag inte tänka mig någon annan mördare än sköterskan eller Levi", sade Stefan och jag tänkte på den unga mannen, som fortfarande var ute vid grillen. "Det betyder att om Sofia planerade allt, och då de misstänkta är få, måste hon se till att hennes alibi var vattentätt. Vilket det är."

"Eller så var hennes plan att Attes död skulle se ut som om han hade dött en naturlig död. Vilket hon inte lyckades med", sade jag.

"Eller så dog han verkligen i sömnen", fortsatte Stefan. "Respiratorn kanske slutade fungera på grund av ett tekniskt fel."

Jag tystnade och begrundade våra teorier. De kändes ofruktbara så länge jag inte visste hurudant Sofias alibi var. När Levi återvände med samma fat som tidigare, men med betydligt mera välstekta biffar än tidigare, började jag känna mig hungrig. Den härliga BBQ-doften gjorde att det vattnades i munnen på mig. Det obehag som jag hade känt tidigare, var som bortfluget. Var det ett tecken på att livet gick vidare? Oberoende av vilka grymheter människan hade åstadkommit?

Vi tog sallad från en skål och hällde lite lättöl i våra glas. Den perfekt grillade biffen samsades med färggranna tomater, gurkor, bönor, ärter och rucolasallad på tallriken.

"Från Lappkullas eget växthus och odlingsland", sade Levi stolt.

"Vem sköter det?" frågade jag intresserat.

"Sofia", svarade Levi surt.

Jag tuggade på biffen, som inte var ett dugg seg. Den rentav smälte i munnen. Jag undrade om Sofias perfekta alibi skulle smälta lika effektivt.

"Nå, Sofia var alltså någon annanstans när Atte dog", sade jag försiktigt.

"Hon var utomlands", sade Levi med ansiktet vänt mot sin tallrik.

"Hon var på Interrail", fyllde Stefan i. "Och allt tyder på att hon faktiskt var det."

Jag mindes en Europa-resa som jag hade gjort för tiotal år sedan. Det hade varit en månad fylld av tågresande. Och ett häfte med rutter som konduktörerna stämplade när de ville kontrollera biljetten.

"Hon har alltså visat häftet med tågrutterna och de bekräftande stämplarna", konstaterade jag.

"Ja, och även vårt följande försök att spräcka alibit blev omintetgjort", sade Stefan kort medan han petade en böna åt sidan på tallriken.

"Vi frågade förstås av Sofia hur vi kan vara säkra på om det faktiskt var hon som reste omkring i Europa i maj och inte någon annan", sade Levi och började peta på en pekplatta som han fiskade från köksbordet.

"Och?" frågade jag.

Levi räckte över pekplattan åt mig och jag såg att jag tittade på Sofias offentliga profil i Internet. Levi hade öppnat hennes galleri med fotografier och jag tittade på resebilder från föregående maj. Jag tittade på en massa selfien, där hon hade tagit bilder av sig själv med kända europeiska minnesmärken i bakgrunden. Med en högerklickning fick jag fram fotografiernas loggar och de bekräftade att fotografierna hade tagits under de dagar som de var sorterade under. När jag jämförde dagarna med hennes rutter i Interrail-häftet, visade det sig att de stämde överens med varandra.

"Som du ser befann hon sig i Lettland och Litauen den dag då Atte dog", sade Stefan med en ödesdiger röst. "Hon var på hemresan vid det laget."

"Kan hon ha flugit hem och tillbaka under samma dag?" frågade jag förhoppningsfullt.

"Nej, inga flygtidtabeller möjliggör det. Och det är inte möjligt från närliggande länder eller städer heller."

"Kan passinformationen vara till hjälp?"

"Nej, hon reste bara i EU-länder, och hon behövde alltså inte använda sitt pass."

"Alibit säger alltså att hon inte kan ha gjort det. Ändå tror ni helt klart på hennes skuld. Jag förstår inte."

Jag kände förtvivlan bubbla upp inom mig. Det var ett omöjligt uppdrag. Det fanns ingen möjlighet att bevisa Sofia Strömstams skuld och det var omöjligt för mig att förtjäna de pengar som Levi Strömstam hade lovat. Igen en gång hade jag blivit lurad. Man hade hänvisat ett jobb åt en långtidsarbetslös och det jobbet hade visat sig vara falskt.

"Det är verkligen komplicerat", erkände Stefan. "Men en oförklarlig vittnesbörd visar att något måste vara fel i alibit. Något som gör att vi helt enkelt måste kunna spräcka alibit."

Jag tittade på resefotografierna från maj och där var samma vackra, unga flicka som jag hade sett på fotografier i herrgården. Hennes ansikte var stelt och hon log inte mot kameran. Hennes selfie gjorde att hon såg ut som en isprinsessa, blek och utan miner.

"Ja?" sade jag och väntade på en förklaring.

"Vi har ett vittne som är beredd att svära på att hon såg Sofia i Somero i maj. Under en dag som hon enligt Interrail-dagboken och fotografierna borde ha befunnit sig i Prag."

Jag lät det fantastiska sjunka in i mig.

"Vi har inte lyckats förklara det", erkände Stefan. "Vi har tänkt på allt. Dubbelgångare, tvillingsystrar, allt. Du får träffa vittnet under dina undersökningar. Det är i själva verket sköterskans syster och de bor båda i Pojo."

"Om Sofia låtsades vara på resa i maj utan att egentligen vara det, kan hon ha befunnit sig i hemlighet på Lappkulla under ögonblicket, då Atte dog", sade Levi målmedvetet.

"Det finns också en annan sak som binder Strömstams till Somero", sade Stefan.

"Sofias och Attes sommarstuga finns där", tillade Levi.

"Menar ni att hon skulle ha hittat ett sätt att vara både i Somero och ute i Europa och i Attes rum på Lappkulla gård samtidigt?", sade jag spydigt.

31

"Vi vet bara att allt inte är som det verkar och att det finns något som vi inte har hittat. Här finns en mästerlig plan bakom allt och polisen har inte kunnat lösa problemet", erkände Stefan.

"Har ni besökt sommarstugan?" frågade jag. "Hittade ni något som kunde binda Sofia till stugan i maj? Dagstidningar eller något?"

"Jag har varit där själv. Utan att hitta något." Stefan lät besegrad. "Men jag hoppas att du kunde åka dit också under de kommande två veckorna. Ifall du skulle se något som jag inte ser."

Jag stönade inom mig när jag började inse hur brådskande de kommande två veckorna skulle bli. Jag skulle få jobba hårt för att förtjäna mina pengar med detta omöjliga uppdrag. Lyckligtvis hade Levi lovat att betala ett arvode även om jag inte lyckades med mitt arbete.

"Polisen har säkert kollat med telefonoperatörerna om Sofias samtal i maj innehåller utländska rutter?" frågade jag.

"Naturligtvis", bekräftade Stefan. "Hon ringde och tog emot väldigt få samtal under resan. Vi har inte gjort detaljerade undersökningar om dem, men man kan nog konstatera att samtalen har gått via utländska förbindelser."

Jag suckade och var övertygad om att sådant knappast gick att förfalska.

Våra tallrikar var tomma och vi reste oss med lovord över den smakliga biffen. Levi verkade rodna över komplimangerna. Jag mindes att jag inte hade haft råd med helkött när jag hade varit i hans ålder. Ännu en gång avundades jag dagens ungdom, som hade alla medel och resurser att klara av samhällets krav.

"Jag tror att det finns så mycket att smälta nu att jag helt enkelt inte kan ställa de rätta frågorna till Sofia ännu", konstaterade jag och tittade på mitt armbandsur. "Eftersom det tar ännu någon timme innan hon kommer tillbaka, skall jag sova på saken ännu och intervjua henne först senare."

"Huvudsaken är att det blir ett förmånligt resultat under de närmaste två veckorna", sade Levi lite otåligt. "Men kanske du vill titta in i Attes arbetsrum ännu innan du åker iväg?"

Levi gick före innan jag ens hade gått med på förslaget. Stefan och jag följde efter och Levi stannade i en dörröppning.

"Det här är mitt rum", förklarade Levi och vi tittade in i ett spartanskt inrett rum. Där fanns en singelsäng, ett skrivbord och ett klädskåp precis som om det vore en studentbostad. En lönngren med enorma blad täckte fönstrets utsikt utanför och rummet såg rätt mörkt ut.

"Och det här är farbror Attes rum", fortsatte Levi och visade oss dörröppningen i korridoren mittemot Levis rum. "Allt är orört och i samma tillstånd som för ett år sedan då Atte blev förlamad."

Jag gick in i rummet och Stefan följde efter. Jag såg en bokhylla fylld med IT-litteratur, science fiction-romaner och tryckta häften med investeringsrapporter. Där fanns mappar med etiketter som berättade att de innehöll skattebeslut, kontoutdrag, placeringsbroschyrer, bokslut, fastighetsjournaler och fakturor. Ett präktigt skrivbord av ekvirke dignade under staplar med papper.

"Vi har gått genom papperen", stönade Stefan och jag förstod att det hade varit ett enormt arbete. "Vi hittade inga ledtrådar. Papperen gav dock hänvisningar om vilka summor Atte i längden hade förtjänat under sin karriär och hur väl han hade investerat dem."

"Du förstår säkert att det finansiellt inte var särskilt svårt att anställa en sköterska på heltid för att vårda honom", sade Levi förnöjt.

Jag gick till fönstret för att se den utsikt som Atte hade tittat på när han suttit i sitt arbetsrum. Havet såg ut att fortsätta i all evighet mot horisonten. Atte Strömstam hade kunnat sitta i lugn och ro bakom tjocka fönsterglas och se hur havets stormar vällde vågor mot hans strand och hem. Han hade fått sitta hemma i all trygghet även om världen stormade utanför. Ända tills den sista, dödliga stormen hade drabbat honom hemma som en feg kniv i ryggen. Eller en dödsfälla som slog honom mot marken från ovan.

Min blick slog ned i golvet som om världens grymhet tyngde ner mig. Jag tyckte mig se ett papper skymta mellan skrivbordets bakre vägg och ytterväggen, som om det hade fallit från skrivbordet i något skede och glömts där. Jag böjde ner mig för att fiska upp papperet från det trånga utrymmet. Det visade sig vara ett kuvert. Stefan och Levi gick fram till mig för att titta på mitt fynd.

På kuvertet stod "Heinrich" skrivet tillsammans med ett datum från september föregående år. Samma månad som krukan hade fallit på Atte.

"Det är Attes handstil", konstaterade Levi.

"Jag minns inte att jag skulle ha sett det kuvertet tidigare", sade Stefan. "Vi måste ha missat det när vi inventerade Attes papper i samband med olyckan och hans död."

Kuvertet var inte förseglat så jag föreslog att vi skulle titta på dess innehåll. Levi sade varken ja eller nej, utan tog helt enkelt kuvertet från min hand och tömde dess innehåll på Attes gamla skrivbord. Ett visitkort trillade ut samt två pappersark som såg gamla ut. Stefan vände på visitkortet och vi tittade på namnet "Heinrich Schiller" samt hans kontaktuppgifter med bland annat en adress i Hamburg.

Levi vecklade upp det ena vikta papperet och det innehöll ingen text, utan såg ut som en handtecknad ritning av något slag. Några ojämna linjer gick längs papperet och mellan linjerna några underliga figurer.

"Det är en karta", viskade jag som om vi vore omringade av pirater, i full färd med att göra vadsomhelst för att skydda sin gömda piratskatt.

Vi tittade tyst på pappersarket, som verkligen föreställde en hafsigt ritad karta. Konturerna antydde att det var fråga om en ö och att figurerna var kännetecken i terrängen. Utan skrivna ord eller namn var det omöjligt att tyda platsens geografi. Ett handtecknat kryss visade att något var gömt på det stället.

"En gammalmodig skattkarta", viskade Levi på samma sätt som jag hade viskat. "Men vi vet inte var platsen är."

Stefan vecklade upp det andra gamla papperet och det såg mera officiellt ut. Det var ett handskrivet kvitto, men kvittots tryckta brevhuvud berättade att det härstammade från en juvelaffär i Helsingfors.

"Ett kvitto på 30 diamanter ", läste jag högt. "Här finns detaljerade uppgifter om renhet, vikt, färg och slipning för varje sten."

"Levererade åt Karl Strömstam 8.2.1939", fortsatte Stefan.

"Min farfars far", flämtade Levi med tindrande ögon.

"Kan vi anta att 30 diamanter finns gömda på det ställe som kartan hänvisar?" frågade Stefan, vars kinder blev allt rödare. "I så fall ser allt ut att utvecklas till en gammalmodig skattjakt."

"Jag har aldrig hört av min pappa eller hans bror Atte att vi skulle ha haft diamanter i släkten", sade Levi entusiastiskt. "Det kan betyda att de fortfarande finns gömda på den där platsen, var den än är."

"Hur skall vi få veta mera?" frågade Stefan och vände på skattkartan.

"Jag tror att Heinrich Schiller vet mera om den saken", sade jag och höll upp visitkortet.

"Jag tar kontakt med honom", sade Stefan entusiastiskt. "Det kan vara just den ledtråd som vi behöver. Datumet på kuvertet visar att Heinrich kan ha mera information om mordförsöket på Atte."

"Vänta, vänta", avbröt Levi. "Varför skall vi använda tid på någon okänd tysk? Det är ju Sofia vi skall fokusera oss på. Det är hon som är skyldig och inte någon Heinrich."

Stefan tittade på mig. Levi var röd i ansiktet av otålighet.

"Vi måste ta itu med alla nya ledtrådar även om de inte visar oss direkt dit vi vill", sade jag allvetande. "Vi måste också vara öppna för möjligheten att sanningen är någon helt annan än den vi förväntar oss. Jag har inte mycket erfarenhet av att vara privatdetektiv, men jag tror att sanningen sällan är så simpel att den levereras med en gång."

"Men Sofia måste vara skyldig", snäste Levi.

"Om hon är det, får vi nog fast henne", förklarade jag tålmodigt. "Det kanske behövs Heinrichs eller någon annans hjälp för att det skall lyckas."

"Vi kan inte bara fokusera oss på henne om vi vill fälla henne", sade Stefan. "Ibland fäller skottet i skjutvapnet en annan person än den man siktar på."

"Huvudsaken är att man hittar något att sikta på", sade jag som för att stöda Stefans symbolik. Jag räckte över Heinrichs visitkort till Stefan, som skulle använda sin polisauktoritet för att kontakta tysken.

"Nåväl", stönade Levi som en besegrad debattör. "Huvudsaken är att vi alla vet vad som står på spel. Och att vi känner till att klockan tickar mot ett nederlag, såvida vi inte hittar bevis innan dess."

Instinktivt tittade jag på mitt armbandsur och konstaterade att jag ville bort från denna ödesdigra byggnad. Plötsligt påminde Lappkulla herrgård mig om Lillböle herrgård i Fiskars, som även den hade bevittnat grymma människoöden. Det var inget mirakel att slott och herrgårdar förknippades med spökhistorier och kalla kårar. Jag måste bort från denna overkliga byggnad. En natt på gästrummet i mina föräldrars simpla radhuslägenhet i Ekenäs väntade. Och två veckors intensiva utredningar.

"En sak ännu", sade Levi med darr på rösten. "Vi har hela tiden talat om två veckor, men i själva verket är det endast nio dagar kvar. Arvet skickas iväg tisdag nästa vecka till Sofias konto. Det anländer till henne följande dag, på onsdagen."

"Vi måste alltså bevisa hennes skuld innan hon lägger vantarna på det arvet", funderade jag trött. Hur skulle jag klara av det?

KAPITEL 3

Måndag

Åtta dagar till arvets utbetalning

Min blick vandrade över köket och fastnade på diskskåpet, vars lister verkade vara på väg att lossna från skåpdörren. Pappa skulle omedelbart ha spikat fast listerna i rätt läge igen, men inte längre. Hela köket skulle med tiden förfalla, då ingen skötte det. Ju mera jag tittade omkring mig, desto mera såg ut att behöva åtgärdas. Och ännu hade bara tre månader förflutit.

Mamma stod med ryggen mot mig, där jag satt vid frukostbordet. Det kändes lättare att titta på henne när hon inte såg tillbaka, för jag såg alltid något nedstämt i hennes blick. Det var en blick fylld av sorg, ilska, underkastelse och sömnlöshet. Och kraft. Varje gång jag såg henne kände jag en klump i magen. Varje sekund jag tillbringade i mina föräldrars hus var fylld av denna tunga klump, som aldrig skulle försvinna.

Hon vände innehållet i stekpannan och dofterna spred sig i köket. Pannan innehöll skördetidens zucchini, blomkål, tomater, morötter och auberginskivor. Dem skulle hon senare under dagen lägga i en ugnsform tillsammans med äggmjölk. Säsongens grönsakslåda skulle göra oss mätta och belåtna. Åtminstone mätta. För det kändes som om mamma inte njöt av någonting längre.

Jag steg upp från bordet och gick ordlöst till förrådet, plockade fram en hammare och gick till diskskåpet. Utan att säga något hamrade jag fast listen och när jag gick förbi mamma, lade jag min hand på hennes axel. Gesten fick henne att darra till för vi var inte vana vid att röra vid varandra. Ändå hade vi under de senaste tre månaderna kramats mera än under vår tidigare livstid.

Hammaren hittade åter sin plats i förrådet och jag vände om mig mot köksbordet igen. Apatiskt tittade jag på honom. Han hade inte reagerat på hamrandet. Mamma lade sin stekspade åt sidan och lät grönsakerna badda i spisens eftervärme. Även hon tittade apatiskt på det som blivit världens centrum för oss.

Pappa satt i sin specialbyggda rullstol med blicken någonstans i fjärran eller i det förgångna eller något som vi inte kände till. Vi visste bara att det inte var i detta nu och att blicken inte verkade känna till vår närvaro. Vi visste bara att han var hela vår närvaro. Dregel rann längs högra mungipan. Hans överkropp var insjunken och hölls uppe av ett sorts brett skyddsbälte, som var inbyggt i rullstolen. Mjuka plastkuddar höll hans huvud på plats, för utan dem skulle huvudet hänga tungt åt ena sidan.

Mamma suckade djupt och gick till hans sida. Hon tog en duk från bordet och torkade bort dreglet från mungipan, hakan och halsen. Hon lyfte en sked med gröt mellan hans läppar och försökte få honom att svälja den brungråa substansen. Hon lade tillbaka skeden på tallriken framför honom och blev sittande med sina axlar nästan lika insjunkna som hennes mans axlar. Hennes härjade blick vandrade från hans byxor till mig.

"Igen", väste hon kort med en röst fylld av trötthet.

Jag såg en stor våt fläck utvidga sig mellan hans skrev.

Mammas blick klättrade mot väggklockan, som tickade med ett högre ljud än någonsin. Hade den alltid varit lika ljudlig eller hade våra naturliga ljud alltid tidigare överröstat den? Jag gick till fönstret och tittade ut mot Ekenäs. Jag såg ingenting. Varken hav eller trädgård eller gata eller augustihimmel, fastän allt detta fanns utanför fönstret till mina föräldrars hem i Ormnäs i Ekenäs. Det fanns inget annat än pappa. Eller ruinerna av pappa.

För tre månader sedan hade pappa drabbats av en hjärnblödning, som inte hade åtgärdats tillräckligt snabbt. Hjärncellerna hade blivit utan syre och så pass länge att det gjorde honom till ett paket, som ingen av oss längre kände igen. Han hade inte dött av sin hjärnblödning, men framför oss satt nu skalet av en man på samma sätt som en stofturna symboliserar skalet av en människas lämningar. Pappa hade hunnit njuta av sina efterlängtade pensionärsdagar i fyra års tid.

Mina tankar gick tillbaka till maj, då budskapet hade kommit. Jag hade suttit i Thailand tillsammans med min barndomsvän, när jag plötsligt hade blivit tvungen att tidigarelägga mitt returflyg till Finland. Endast två veckor tidigare hade jag njutit av pappas sista lammstek under vårt gemensamma påskfirande. Det hade varit en enorm chock att se pappa i hans tillstånd, när jag hade anlänt till Finland och det sjukhus där han hade vistats.

Plötsligt insåg jag att under exakt samma tid, föregående maj, hade Sofia Strömstam fått höra att hennes sängliggande make äntligen hade avlidit. Eller hade hon sett till att han hade avlidit? Samtidigt hade Levi Strömstam insett att det tidigare mordförsöket på hans farbror burit frukt, och att det var Levis plikt att få den skyldiga att stå till svars för sitt dåd. I hans värld fanns det ingen annan skyldig än Sofia Strömstam. Kunde det trots allt vara någon annan? Jag stönade inom mig. Vem var skyldig till pappas tillstånd? Hans tidigare livsstil? Hans närmaste? Omgivningen? Vem skulle bära ansvaret för att pappa hade blivit en grönsak?

Jag vände på grönsakerna i den svalnande stekpannan. De var redan alltför mjuka. Mammas energi var riktad på helt andra saker än vår kommande middag.

Efter två veckor på sjukhuset hade läkarna velat diskutera pappas framtid. Man hade föreslagit ett hem för långvårdspatienter, men mamma hade bestämt nekat. Det var hennes plikt att sköta sin make. Hon skulle bli egenvårdare. Och så blev det.

Nu, efter två långa sommarmånader, var hon inte en pensionär längre. Hon var inte en mamma längre, och ibland kändes det som om hon inte ens var en kvinna längre. Hon hade inget eget liv längre, för hon var till hundra procent egenvårdare. Det fanns inget annat i hennes liv längre. Och hon såg trött ut. Efter bara två månader.

Jag gick ut ur köket för jag stod inte ut med att se dem längre. Klumpen i mig blev allt tyngre ju mera tid jag tillbringade i mina föräldrars hem. Min syster hade gett efter för många veckor sedan och hon besökte inte Ekenäs längre. Jag var inte bitter på henne, bara lite avundsjuk. För hennes ursäkt var att skydda småbarnen från den grymma världen. Jag själv hade ingen ursäkt att hålla mig borta.

En liten positiv sak hade dock smugit in i mitt liv. Efter omvälvningarna i mammas och pappas liv hade min arbetslöshet inte förbittrat mig särskilt mycket längre. I själva verket skulle jag inte ha orkat med att befatta mig med ett nytt arbete sedan mammas och pappas nya svårigheter. Trots detta var jag nöjd med att Levi Strömstams uppdrag hade erbjudits mig. Jag behövde något nytt att tänka på. Jag behövde komma bort från detta hus emellanåt. Jag behövde luft.

Mamma kom till tamburen, dit jag hade flytt. Hennes blick berättade att hon förstod mig.

"Jag hade trätt blöjorna bristfälligt på honom", sade hon med en förklarande röst. "Jag skall byta kläder på honom snart."

När jag sade att jag skulle köra till Hangö, nickade hon bara. Ännu för några månader sedan skulle hon ha ställt mig inför ett korsförhör i hopp om att få höra något skvaller som var värt att sprida ut i regionen. Nu var hon inte intresserad av skvaller längre. Det fanns viktigare saker att befatta sig med.

"Du vet att du kan ta pappas bil när du än vill", sade hon lågmält. "Jag behöver den inte. Och uppenbarligen inte han själv heller. Det är så skönt att du kommer hit till oss i Ekenäs, när du gör dina detektivundersökningar i trakterna."

Jag kände en stark lust att krama om henne igen. Det var inte ofta hon använde humor i sina korta ordval längre. Min nickning var tillräcklig. Vi behövde inte säga något mera. När jag började leta efter skorna med blicken, hejdade mamma mig med en orolig min. Hennes härjade ögon avslöjade att hon hade något viktigt att säga.

"Din pappa ville inte att det skulle bli så här", sade hon.

"Naturligtvis inte", sade jag med en frågande röst. "Ingen kan önska sig själv eller någon annan något sådant."

"Jag menar, han brukade alltid säga att det inte får gå så här."

Det började låta som om hon gick som en katt kring het gröt.

"Han brukade säga att om situationen blir något likt detta, måste vi lova att göra allt för att avsluta situationen för den andra."

Jag slöt ögonen som om jag inte ville höra mera. Innerst inne hade jag vetat att något sådant kunde vara på kommande. "Något sådant." Vad var det? Något att sträva efter? Något som man med alla medel ville förhindra? Om mamma inte kunde säga orden i klarspråk, var det tydligt att jag inte kunde tänka i klarspråk heller. Även om jag visste det hela tiden. Vi talade om döden.

"Talade ni någonsin om det mera konkret?" frågade jag utan att egentligen vilja veta svaret.

"Nej, naturligtvis inte. Vi hade alltid svårt att tala om känsliga saker. Men jag har tittat på nätet och försökt få klarhet i vad man kunde göra, men det är så svårt."

"Vad för sorts sidor?"

"Du vet nog, och du behöver inte tvinga mig att säga de där orden", sade mamma med en röst som för första gången på länge hade lite glöd i sig. "Eutanasi. Dödshjälp."

"Vill du att vi skall hjälpa pappa att begå självmord?" frågade jag med darr på rösten.

Min röst var säkert svårare för mamma att bearbeta än hennes egentliga ärende. Hon samlade ändå sina krafter och fortsatte:

"Jag kan inte... Jag vill inte... Det är så svårt. Jag vet bara att han inte skulle vilja ha det så som det är. Jag vet att han skulle vilja bort. Och han kan inte göra det själv."

"I hans fall skulle det inte vara fråga om dödshjälp eller eutanasi", sade jag grymt. "Det skulle vara fråga om mord. Det finns inget vi kunde göra för att hjälpa honom att göra det själv. Han är i sådant skick att vi skulle bli tvungna att göra det helt och hållet själva, utan att han gjorde något själv. Då är det fråga om mord."

Vi? Varför talade jag om vi?

"Du får det att låta ännu hemskare än det är. Det är kanske bäst att vi inte talar om det mera. Jag bara vet vad han skulle vilja."

"Men vad är det du vill?" Min röst började låta allt mera irriterad även om det fanns mycket större offer i dramat än jag. "Det var ju du som ville bli egenvårdare och det är ju du som har valt att bli en martyr. Han skulle ju kunna vara på en anstalt varmed du inte skulle vara så trött som du är och fundera på sådana saker."

"Just därför", sade hon svagt. "På anstalten skulle de inte respektera hans vilja. Det är hans vilja vi talar om. Inte min och inte din."

Jag var mållös. Hon menade allvar.

"Vad är det du vill?" sade jag med en röst som avslöjade att hon hade vunnit en delseger i debatten.

"Jag vill bara att du skall veta."

"Veta vad då?" svarade jag utan att vilja veta.

"Att han kommer att vara lycklig när han dör. Det är något att sikta på."

Hon såg plötsligt självsäker ut. Det var skrämmande. Kanske det är skrämmande att sträva efter lycka i våra liv.

"Du behöver inte göra någonting", fortsatte hon. "Det räcker att du vet detta. Jag behövde någon att dela det med. Jag förväntar mig inte något mera av dig. Och inte av Gitta heller."

"Har du talat med Gitta om detta?" frågade jag även om jag visste att min syster inte skulle klara av att behandla något så otänkbart som detta.

"Naturligtvis inte. Och vi två kommer inte att diskutera detta mera heller."

"Kommer du att göra något?" Tamburen kändes allt mindre och mindre och jag längtade efter att få komma ut i den friska luften. Jag måste bort.

"Du behöver inte veta mera", sade mamma bestämt. "Gå nu."

Plötsligt var vi i mitt barndomshem i Fiskars igen. Jag hade kastat en boll genom grannens fönster och mamma hade agat mig. När hon hade befallt mig att gå iväg, hade jag inte varit sen att lyda. Efter det hade hon besökt grannen och rett ut det hela. Och så hade livet gått vidare.

"När?" frågade jag även om jag inte ville veta när något tänkbart eller otänkbart skulle ske.

"Gå nu", upprepade hon bestämt med intensivt målmedvetna ögon. "Och börja inte med några privatdetektivutredningar på mig."

När hon drog fast ytterdörren, stod jag en stund utanför mina föräldrars hem och betraktade det. Ekenäs augustisol brände min nacke. En gräsklippare puttrade på grannens tomt. Motorljudet från en trimmad moped ekade mellan de trånga gränderna i Gamla stan. Fiskmåsarna skränade ovanför mig även om det inte var torgdag i Ekenäs. Staden kändes främmande och det var inte konstigt, eftersom jag var uppvuxen i Fiskars och inte i Ekenäs. Det var innan jag flyttat ut i stora världen och innan mina föräldrar flyttat bort från arbetslösheten i bruket. Mina föräldrars nya hem i Ekenäs kändes plötsligt lika ödesdigert som alla de tragedier som jag hade mött på Lillböle gård i Fiskars och på Lappkulla gård på Hangö udd.

Eftersom det var lättare att handskas med det otänkbara som hade skett på Lappkulla, begav jag mig dit.

KAPITEL 4

Måndag

Åtta dagar till arvets utbetalning

Eftersom jag var chockad och djupt upprörd, borde jag inte ha kört bil. Som chaufför kunde jag vara farlig mot min omgivning. Jag brydde mig dock inte om det. Det var något förskräckligt fel med min omgivning, och mina handlingar skulle knappast kunna göra den ännu värre. En värld som hade skapat pappas tillstånd kunde inte vara frisk. Den omgivning, som skapade de fall som jag förväntades reda ut, kunde inte vara värd att skydda.

Dessa var mina första tankar, och naturligtvis var de fel. Jag hade fortfarande kraft att kämpa mot bitterheten. Det betydde att jag fortfarande hade lust att göra något gott av det onda, hitta något gott i det skedda och försöka sprida det goda. Det som fanns i allt det som jag lärde mig av allt det otrevliga runtom mig. Men ändå. Trots att jag kanske utgjorde en fara i trafiken var jag på väg mot Lappkulla.

Pappas tillstånd och mammas ord hade existerat inom mig bara under en kort stund, men de skulle aldrig lämna mig. Det var säkert. Jag måste fortsätta med mitt liv och det gick bättre om mina tankar leddes av mot ett annat håll. Jag skulle rikta all min energi på Sofia Strömstam. Hon skulle ta emot mig samma kväll på Lappkulla gård.

Jag styrde pappas bil över Pojovikens bro och lämnade Ekenäs bakom mig. Eftermiddagssolen glittrade i vattnet och hindrade mig från att se Knipan på brons vänstra sida. Så fort jag hade passerat Österby och Leksvall kändes det som om jag var halvvägs på väg till Hangö trots att det fortfarande var tiotals kilometer till Finlands sydligaste stad. Vägskylten som visade riktningen till Prästkulla var kantad av blommande prästkragar, och jag tänkte för mig själv hur inflytelserika präster kunde vara. Jag mindes min egen skriftskolas präst och hur han hade påpekat att det lönade sig att följa regler, vilka de än är. Jag undrade vilka regler som hade fört mig till min situation och vilka regler som hade fört Atte Strömstam till hans öde.

Hangö udd är så smal att man lätt kunde gå över den från sida till sida, men om man gick längs hela fastlandskusten från Ekenäs till Hangö och tillbaka till Ekenäs igen längs uddens andra kust, skulle det ta hur länge som helst. Längs den kustremsan fanns många fjärdar och mindre uddar, som gömde undan rikemansgods och hemliga bryggor. I forna tider hade pirater härjat längs kusten och för en sekund flöt mina tankar till skattkartan, som vi hade hittat kvällen innan.

En av dessa undangömda fjärdar var Källviken, som hade besökts av tsarfamiljen i början av 1900-talet. I en lummig skog hade de rest en minnessten och nedanför den vällde friskt, kallt källvatten upp. Jag hade besökt platsen, Dagmarskällan, en gång som liten men jag mindes den fortfarande. Kanske jag skulle hinna söka upp den efter att fallet Sofia Strömstam hade blivit löst.

Över Hangö udds längd gick den stamväg, som man använder för att komma till Hangö stad. På båda sidor av vägen skymtade torr sandås och knotiga tallar. Därför blev jag glatt överraskad av att se en hel äng med lilablommande mjölkört, som vi i min ungdom hade kallat för rallarros. I övrigt kändes det som om sommarens främsta blomsterprakt i augusti redan hade gått förbi. Som om livet vissnade från dem. Som om hösten och kylan var på kommande. Som om döden var på kommande. Även om det fortfarande var så varmt som det kunde vara under året.

47

Mina tankar avbröts av ett telefonsamtal och jag knäppte på den handfria funktionen på min mobiltelefon. Utan att avbryta körandet svarade jag åt polismannen, Stefan Rundberg:

"Är som bäst på väg till Lappkulla för att intervjua Sofia Strömstam."

"Det blir en ny resa till Hangö imorgon", svarade Stefan kort.

"Hur så?"

"Jag fick tag på Heinrich Schiller. Han blev eld och lågor över vårt fynd och han flyger till Helsingfors redan imorgon. Han hyr en bil och kommer till Ekenäs, där han möter dig. På väg till Hangö får ni ta Levi med er."

"Kommer inte du med?"

"Nej, jag har arbete att sköta. Kom ihåg att de här är era egna informella undersökningar. På polisen kan vi inte göra mera, eftersom vi har undersökt alla tillgängliga ledtrådar redan. Formellt har ingen av dessa gett orsak att ställa igång med förundersökningar mot Sofia."

"Varför skall vi åka till Hangö?"

"Heinrich sade att kartan med all sannolikhet visar en del av Hangö. Han kommer att berätta mera när han anländer."

"Talar han engelska?" frågade jag, orolig över att mina bristfälliga kunskaper i tyska skulle göra vår kommunikation omöjlig.

"Perfekt engelska. Ni kommer nog att klara er bra. Du möter honom i Stallörsparken klockan 14 och ni hämtar Levi ungefär en halvtimme senare."

"Det låter bra", sade jag. "Tack för ledtråden, Stefan!"

"Hej", grymtade polismannen och avslutade samtalet.

Stamvägens trafikskylt informerade om den allmänna badstranden och jag valde det avtaget. Efter en stunds körande längs en sandväg blev det en öppning i sikten och jag såg simmande ungdomar på en sandstrand. Bakom viken skymtade jag Lappkulla gårds huvudbyggnad och jag undrade om min bil reflekterade solen mot Sofia Strömstam, som väntade mig.

När jag närmade mig näset, märkte jag i backspegeln att pappas bil lyfte upp ett stort sandmoln bakom oss. Det hade inte regnat på flera veckor. Vid vägrenen böjde prästkragar och blåklockor sig under sand och damm, som den torra sommaren och fordon hade pustat upp från sandvägen. En grådaskig slöja vilade över hela området som om det bara väntade på en uppfriskande dusch från ovan. Det såg ut som om en respirator behövdes för att blåsa liv i växterna, som ströps av augustihettan.

Sommarsolen gassade och jag funderade på att ta ett dopp i havet senare. Strax innan näset fanns en skylt som berättade att vägen framöver var privat. Jag fortsatte framåt över näset och efter den sista kurvan hade jag fri sikt mot den praktfulla herrgården. Dess gula fasad och de vita pelarna hade gjort ett stort intryck på mig när jag hade sett huvudbyggnaden för första gången föregående dag.

Vid ena sidan av vägen såg jag Lappkullas privata sandstrand med Attes och Sofias brygga och motorbåt. På vikens andra sida syntes den allmänna sandstranden, som jag nyss hade kört förbi. Vid infartsvägen fanns tiotals buskar med mogna röda och svarta vinbär. Buskarna dignade under mörkgröna fågelnät, som fick dem att se ut som sörjande änkor under slöjor. Jag tvingade snabbt bort mina tankar från mamma, när de började irra åt det hållet.

På den lilla sandplanen framför huvudbyggnaden stod en blå sportbil parkerad, som jag inte hade sett föregående kväll. Jag antog att bilen var Sofias, och jag parkerade min bil bredvid den. Bredvid hennes bil stod en fastknuten, välfylld plastpåse och jag antog att det var skräp som skulle tas

med nästa gång som bilen användes. Jag hade sett en
avfallsuppsamlingstunna vid vägen strax innan näset.

Levis bil var inte på plats, så det verkade som om Attes brorson inte var
närvarande. När jag klev ur bilen, stegade en ung kvinna fram mellan pelarna.

Mitt förstaintryck av Sofia Strömstam var fyllt av obehag. Eftersom jag
antog att hon var en mördare, var det svårt att skaka hand med henne. Å
andra sidan antog jag också att hon visste att jag jagade henne, så vi hade en
verklig ordduell framför oss. Mina frågor skulle försöka få henne fast för mord
och hennes svar skulle försöka skapa en alternativ sanning till det som
verkligen hade hänt. Vi hade framför oss ett skådespel som inte motsvarade
verkligheten. Det måste ställa till med ett obehag för oss båda.

Sofias handslag var ovanligt kraftigt. Jag undrade för mig själv om dessa
händer hade kopplat ifrån en respirator lika lätt som man kopplade på en
kaffekokare. Ville hon använda kraften i sina händer för att sätta mig på
plats? Skrämma mig från att reta upp henne?

Kvinnan var i 25-årsåldern och hon bar moderiktiga, dyra sommarkläder.
Hennes långa hår var så ljust att det såg nästan vitt ut i solskenet. Hennes
make-up såg till att ansiktet inte var fuktigt ens i augustihettan. Jag skämdes
lite över min glansiga hud. Svettdropparna bröt tydligen fram av nervositet.
Framför mig stod en kvinna, som påminde om en docka, för hon såg faktiskt
lite konstgjord ut. Som om hon vore gjord av plast, men pudrad så att
plastens yta inte skulle glänsa. Hennes stela hållning och okänsliga ansikte
underströk min uppfattning.

Hon rörde inte en min när hon sade sitt namn. Hennes blåa ögon stirrade
intensivt på mig och jag kände mig rentav dominerad av henne. Hennes blick
var fylld av intelligens, men det låg också något väldigt manipulativt och
överlagt bakom den. Som om hon kalkylerade varje ord innan hon sade det.
Det var en kvinna som jag gott kunde föreställa mig att utförde en

generalrepetition av ett mord innan hon gjorde det på riktigt. Jag måste dock erkänna att om hon var en mörderska, så var hon en mycket vacker sådan.

"Jonas Österfelt", sade jag med ett lätt darr på rösten. Jag hoppades att hon inte hade hört det, men trodde nog att hon hörde till dem som lade märke till allt.

"Levi sade att du skulle komma", sade Sofia med en överraskande låg röst. "Jag antar att det är praktiskt att vi duar."

"Exakt. Levi anställde mig för att leta reda på sanningen kring Attes död."

"Levi anställde dig för att bevisa min skuld till mordet på Atte och för att Levi skulle komma åt hans arv."

Jaha. Vi skulle tydligen inte behöva ett skådespel. Vi skulle spela med öppna kort.

"Det är utgångspunkten, ja", erkände jag och tittade forskande på min motspelare. "Men om sanningen är annan än utgångspunkten, så gynnar den nog i längden oss alla trots allt."

"Nåväl", sade kvinnan utan att hennes stela min hade ändrat sig. "Men eftersom utgångspunkten är fel, kommer du att misslyckas i ditt uppdrag, Jonas Österfelt. Och om Levi tar en del av arvet, är det fråga om en stöld istället för ett sökande efter sanningen."

Jag visste inte vad jag skulle svara. Om det var så, skulle även mitt arvode bygga på en stöld. Om jag alltså lyckades med att få Sofia fast för mordet på hennes make även om hon var oskyldig. Jag visste inte längre vad jag hoppades att fallet skulle urarta sig till.

"Men jag är samarbetsvillig", fortsatte Sofia. "Fråga vad som helst. Jag har inget att dölja."

51

Ett plötsligt tjatter från vinbärsbuskarna fångade vår uppmärksamhet. En trast hade fastnat i nätet och den försökte kämpa sig ur slingorna. Sofia gick bestämt fram till busken, grep tag i den hysteriska fågeln och trädde nätets maskor över dess klor. Under en sekund tittade Sofia på fågeln och det kändes som om hon kalkylerade om det var bättre att vrida om fågelns nacke än att släppa den fri. Hon öppnade handen och fågeln flög iväg med ett yrvaket tjatter.

Plötsligt blixtrade ett barndomsminne framför mina ögon. Mina kompisar och jag hade hittat en duva med en skadad vinge, som mirakulöst hade repat sig och flugit iväg. Innan det hade min kompis dock varit beredd att döda fågeln för att den inte skulle behöva lida i onödan. Det skulle jag inte ha kunnat göra. Det var inget tvivel om att Sofia skulle ha kunnat göra det lika lätt som min barndomsvän hade kunnat göra det.

Nej, jag fick inte låta tankarna gå till mamma och aktiv dödshjälp igen.

"Bra gjort", sade jag åt flickan framför mig, men hon reagerade inte på mitt beröm.

"Vi sätter oss i trädgården", sade hon. "Gå före, så hämtar jag kaffe och kaka. Bordet finns därborta."

Hon pekade mot ett ställe bakom ett arrangemang med höga blommor, som jag inte kände igen. Jag satte mig på en stol, som kändes obekväm. Jag var ensam och omgiven av blommor. På ett konstigt sätt kändes det klaustrofobiskt. Som om blommorna var tränade att attackera mig. På samma sätt som man kunde träna hundar att attackera människor. Skulle jag våga smaka på kaffet? Var kakan förgiftad? Ljudet från ett överflygande flygplan hördes avlägset, och jag tittade upp som om jag var rädd för att det skulle trilla ned på mig.

Jag steg upp från stolen igen och tittade omkring mig. Blommorna såg ut som om de var planterade av en pedant. De växte precis som de förväntades samt i klungor som inte blandades ihop med varandra. Deras färger såg ut att passa ihop sinsemellan och det var tydligt att de hade valts och skötts av någon med en enväldig smak. Bakom blommorna syntes ett odlingsland med nyttoväxter i raka, prydliga rader. Inget ogräs syntes någonstans. Jag var övertygad om att Sofia skötte trädgården och att hon var hänsynslös mot skadedjur och ogräs. Allt ovälkommet gallrades omedelbart bort. Jag undrade för mig själv om hon en dag helt enkelt bara hade bestämt sig för att gallra bort sin make från Lappkulla. I så fall hade det inte varit spontant "en dag" utan enligt en väloljad planläggning.

"Sådär", sade Sofia plötsligt bakom mig. Jag satte mig snabbt på stolen som om jag hade blivit ertappad med att göra något olovligt.

"Vacker trädgård", stammade jag.

"Tack", sade hon uttryckslöst som om det var en självklarhet.

Hon flyttade en kaffekopp från sin bricka och lade koppen framför mig. Hon frågade inte om jag ville ha socker eller mjölk utan serverade kaffet svart. Hon hade inte frågat om jag ville ha kaffe eller te heller. Det kändes som om jag borde vara tacksam över att hon hade bestämt hur jag ville ha det. Hon öppnade en förpackning med rulltårta och skar en tjock skiva åt mig. Tårtan såg ut som om den hade funnits i åratal på snabbköpets hylla och därefter i åratal i Lappkullas skafferi. Jag åt dock gärna av den för jag var hungrig och det skulle ta timmar innan jag fick äta av mammas grönsakslåda.

Skulle jag någonsin förmå mig att äta mat i mina föräldrars hus efter denna morgons diskussion? Skulle mamma kunna kocka där igen? Skulle någon vara lika ivrig över att göra henne ansvarig för pappas död som jag ville få Sofia Strömstam fast för mordet på Atte?

"Levi har alltså den skrattretande uppfattningen att jag lurade vår hund att stjälpa en kruka i huvudet på Atte", sade kvinnan uttryckslöst. Jag skulle ha kunnat svära på att inget påstående kunde lura skrattrynkor i den kvinnans ansikte.

"Nja..."

"Och att det alltså var ett mordförsök."

"Levi sade..."

"Och att jag misslyckades med mordförsöket då, men lyckades åtta månader senare genom att koppla bort den totalförlamade Attes respirator", avbröt hon.

"Så sade han, ja."

"Och det lyckades jag göra även om jag samtidigt befann mig på Interrail i ett helt annat land."

"Utgångspunkten är det påståendet, ja." Hon lyckades faktiskt med att få det att låta skrattretande.

"Finns det någon teori om hur jag skulle ha kunnat utföra sådana trollkonster?"

Sofias spydiska ord hade sagts utan någon speciell ton på rösten. Det kändes som om jag inte hade tillstånd att använda likadan sarkasm, så mina frågor skulle istället få vara klara och sakbetonade. Kanske jag skulle pröva med att provocera henne en annan gång än under denna första bekantskap.

"Tyvärr kan jag inte berätta mera om teorierna", sade jag. "Polisen har förbjudit mig det."

Det var inte sant, men jag var säker på att Stefan inte skulle gilla att jag berättade allt som jag redan kände till.

"Nå hur har du tänkt att vi skall låta ärendet framskrida då?" frågade Sofia utan att hennes röst avslöjade någon irritation.

"Jag har några frågor", svarade jag snabbt. "Till exempel, varför hade Atte bjudit Levi hem till er den där dagen i september, då krukan föll i huvudet?"

"Han hade haft besök av en tysk journalist några dagar tidigare", sade Sofia. "Efter det grävde han bland släktens alla papper och saker på vinden i två dagar tills han var nöjd. Atte berättade om ett fantastiskt fynd som han ville dela med mig och Levi och därför var brorsonen inbjuden till oss. Tyvärr vet jag inte vad fyndet gällde, för ingenting bland hans papper i arbetsrummet verkar ha med det att göra."

"Säger namnet Heinrich Schiller något?" frågade jag med en forskande blick på den unga kvinnan framför mig.

"Nej, ingenting. Är det den tyska journalisten?"

"Jag tror det, ja. Men vi lämnar det ämnet nu. Jag undrar lite över det här med Interrail..."

"Ja?"

"Det är ju ett långsamt och billigt tågresande för unga ute i Europa. På något sätt känns det inte alls som ett resande som skulle intressera en rik, ung kvinna som du. I själva verket är Interrail inte längre så modernt och attraktivt som det var när jag var ung."

Sofia tittade på mig med sitt uttryckslösa ansikte. Eftersom det överhuvudtaget inte speglade några känslor, kände jag mig frestad att tolka hennes min som full av förakt. Jag var ändå medveten om att ett sådant förakt skulle vara ett tecken på en känsla, vilket på sätt och vis gjorde min tolkning omöjlig. Kanske hon helt enkelt försökte räkna ut hur gammal jag var. Jag kände en stor lust att förklara för henne att jag var 20 år äldre än hon.

"Jag har alltid varit intresserad av tåg", sade hon. "Jag är mycket fascinerad av dem och det långsamma sättet att resa. När jag var liten var jag fattig och tågresande symboliserade lyx medan flygresande var en omöjlighet. Och jag kan försäkra dig om att min resa inte var billig även om tågbiljetten var förmånlig. Jag bodde på hotell och njöt av fulla muggar. Jag vägrar att ta emot beskyllningar bara för att jag har pengar och för att mera pengar är på kommande."

"Men resans längd då? En Interrail-resa tar en månad i anspråk. Var det verkligen förnuftigt att resa bort för en månad, då din man låg svårt skadad?"

"Jag förstår den tankegången", erkände Sofia. "Läkarna sade dock rätt entydigt att det var en ytterst liten sannolikhet att de kunde väcka Atte ur hans tillstånd. I själva verket skulle det kanske ta flera år innan han gjorde några framsteg överhuvudtaget. Under den tiden kunde jag bara inte sitta och vänta på att något skulle hända. Atte brukade alltid säga att man måste leva livet till fullo så länge man kan och jag tror att han skulle ha varit nöjd över att jag for på min resa. Han hade en kompetent sköterska till sitt förfogande."

"Hur fick du veta om hans död?"

"Sköterskan ringde när min resa började närma sig sitt slut. Tåget hade just lämnat Riga och var på väg mot Tallinn, varifrån jag skulle åka med färja hem."

"Hade du resesällskap?"

"Nej."

"Det enda som bevisar att du var i Lettland just då, är konduktörernas anteckningar i Interrail-häftet?"

"Jag skulle inte undervärdera ett sådant alibi om man ville bevisa någons oskuld."

"Det är just det", sade jag. "Det är för bra för att vara sant."

"Berätta en gång till fastän jag har hört det förut av både Levi och polisen", sade Sofia gäckande. "Det är ett fascinerande påstående."

"Vi har ett vittnesmål som säger sig ha sett dig i Somero när du egentligen var i Prag."

"Vittnet har sett fel."

"Tycker du inte att det låter som ett konstigt sammanträffande att ni har en sommarstuga i Somero, i närheten av den plats där du blev sedd?"

"Livet är fullt av konstiga sammanträffanden. Ödet kan se till att en människa står rakt under en fallande kruka även om man just då kunde stå på miljoner andra punkter på samma stora gård." Sofias näsa hade stigit en aning högre upp mot skyn och jag tolkade det som om hon började anse mina frågor vara föraktfullt undervärderande.

"Polisen berättade om vittnesmålet och jag har låtit dem besöka sommarstugan till och med två gånger redan utan att de har hittat något misstänksamt", fortsatte hon.

"Om jag ber polisen undersöka kommunikationen till och från din mobiltelefon i maj, kommer de att spåra dig till Somero eller till Europa?"

"Det behövs åklagarbeslut för en sådan operation", vidhöll Sofia. "Och det finns sätt att förfalska sådana spår."

"Oj, det visste jag inte", sade jag och lade min sked med en bit rulltårta åt sidan. "Varför vet du det?"

"Jag har varit tvungen att ta reda på ett och annat efter att beskyllningarna började komma."

"Jag antar att samlivet med Levi inte går särskilt bra."

"Det är ett intelligent antagande."

"Ni undviker varandra när han befinner sig på Lappkulla?"

"Naturligtvis, jag ser inte mycket av honom och han ser inte mycket av mig. Lyckligtvis tycks han trivas rätt bra hos sina vänner i Helsingfors. Det är en pärs att han inte kunde använda sin studiebostad denna sommar."

"Kom ni bra överens innan Atte skadade sitt huvud?"

"Utmärkt väl. Men jag antar att alla förhållanden förändras, när pengar blir inblandade. Eller arv."

"Levi är ju ändå i samma ålder som du. Kan det vara så att ni har någon sexuell spänning mellan er?"

"Oj, det var en mycket personlig fråga." Det blixtrade till i hennes ögon.

"Jag vet det", vidhöll jag.

"Nåväl. Jag är inte ett dugg intresserad av Attes pojkspoling till brorson. Men jag kan inte garantera vad han känner för mig."

"Tror du att han är intresserad av dig?"

"Ärligt sagt, nej."

"Men Atte var dubbelt äldre än vad du är. Påverkade det inte ert förhållande på något sätt?"

"Nej, Atte var en fantastisk man."

"Var han intressant för pengarnas skull?"

Sofia tittade roat på mig. Höll något på att spricka upp i hennes uttryckslösa ansikte?

"Kanske."

"Vad menar du?"

"Hans personlighet speglades i pengarna. Han var en intressant person med intressanta färdigheter och det ledde till att han blev välbärgad. Så om jag säger att jag inte var intresserad av honom för hans pengars skull, skulle jag samtidigt undervärdera de företagsamma sidor som gjorde honom intressant i mina ögon."

"Hur kändes det att se en sådan företagsam man ligga orörlig dag ut och dag in i sängen?"

"Det var fruktansvärt. Han var rena rama motpolen till det som han en gång hade varit."

"Kändes det fruktansvärt för att du kanske var ansvarig för hans tillstånd?"

"Krukans fall var inte mitt fel. Visserligen hade jag köpt den, och den var alltför lätt bland de andra tyngre krukorna, men ingen hade kunnat förutse att hunden skulle välta krukan. Och ingen hade kunnat se till att vi stod rakt nedanför den fallande krukan. För Guds skull, den skulle ha kunnat träffa mig likaväl som Atte!"

"En liknande olycka hade skett någon vecka tidigare, så det var inte helt oförutsett."

"Den gången trillade krukan över kanten av misstag, utan att hunden hade något med saken att göra."

"Det var ingen generalrepetition inför det egentliga dådet i september?"

"Nu får du gärna byta ämne, Jonas Österfelt."

Sofia skruvade på sig som om hon höll något inom sig. Jag försökte provocera henne att explodera. Att få henne att lämna det uttryckslösa pokeransiktet så att hon skulle säga något som hon senare skulle ångra. Något som avslöjade henne som en mörderska. Men hon behöll fattningen, vilket var imponerande. Hon svarade snällt på mina burdusa, utpekande frågor, även om hon inte behövde göra det. Hon kunde när som helst be mig lämna Lappkulla, för hon var inte skyldig att ge mig några som helst förklaringar. Jag satt i hennes trädgård och beskyllde henne för ett fruktansvärt brott även om hon inte gynnades av min närvaro på något sätt. Till råga på allt var det hennes värsta fiende, Levi Strömstam, som betalade mitt arvode. Hon kunde bara förlora på att svara på mina frågor om hon var skyldig. Kunde det betyda att hon trots allt var oskyldig?

"Det är väl uppenbart att vi är tvungna att se dig som en av de främsta misstänkta hur vattentätt alibi du än har", sade jag. "Både då det gäller den fallande krukan och Attes död. Om vi utesluter inbrott, är det bara sköterskan och Levi och du som kände till hur man kommer in i herrgården."

"Han dog i sömnen utan att brott är inblandat", vidhöll Sofia.

"Hur förklarar du pausen i respiratorns funktioner?" försökte jag.

"Tekniska apparater kan ha tekniska problem. Tänk på de nya lyxfartygen som påstås vara totalsäkra och omöjliga att sänka. De är gjorda av metaller, som verkligen inte brukar flyta på vattenytan. Om jag, den sörjande änkan, är beredd att acceptera tekniskt fel som en möjlighet, borde nog utomstående kunna göra det också. Atte dog i sömnen, precis som en totalförlamad förväntas göra."

"Det var inte så att det var du som kopplade honom från respiratorn?"

"Nej."

"Nåväl, vad anser du om sköterskan då? Var hon en bra sköterska? Kan hon ha gjort det?"

"Klara Åkerstrand är ett proffs. Under åtta månader skötte hon Atte väl och jag har inget att anmärka. Jag har ingen aning om varför hon skulle ha gjort det. Två dagar i veckan tillbringade hon i sitt hem i Pojo, och då skötte jag om Atte. Jag har också sköterskebakgrund."

"Hur kändes det att sköta om sin egen make?" frågade jag, och mina tankar gick för några sekunder till mamma och pappa.

"Det tog inte länge innan jag började inse att Atte var praktiskt taget död", sade Sofia uppriktigt. "Det paket, som jag skötte om, var något annat än min före detta make. Det var bara så att det var ett paket som måste vårdas, på samma sätt som man måste sköta om sina blommor för att de skall överleva. Alla mina känsloband till Atte förändrades rätt snabbt."

"Det skulle ha varit lätt att koppla bort respiratorn?" sade jag och bilden av mamma blixtrade framför mig igen.

"Jag antar det", svarade Sofia. "Men då skulle jag ha begått ett mord."

"Jag trodde att egenvårdare är passionerat ivriga med att se till sin älskade patients välbefinnande", sade jag och tänkte på mammas motstånd, då läkarna hade föreslagit ett vårdhem för pappa.

"Om man är alltför känslomässigt bunden till sin patient, blir man snabbt övertygad om att döden kanske skulle vara ett bättre alternativ för honom", sade hon med de kalla ögonen spända i mig. "Och jag har ju redan förklarat att jag inte dödade honom. Men kanske Klara har någon instinkt i sig som vill befria patienter från sina plågor. Vi har ju hört om seriemördare som har utfört eutanasi utan att patienten ens har begärt det."

Jag kände mig illamående. Det kändes som om Sofia hade riktat orden rakt mot mig. På ett lika grymt sätt som jag anklagade henne för att ha försökt mörda sin make. Sofia kunde väl inte känna till diskussionen som jag hade fört med mamma samma morgon? Sofia kunde väl inte ana att dödshjälp hade slungats in i mitt personliga liv? Sofia kunde väl inte använda det som ett motvapen i mina undersökningar, där hon ansågs vara skyldig? Men främst av allt, det kunde väl inte vara så att motivet till Attes död var eutanasi istället för pengar? Tänk om Sofia trots allt inte hade siktat på ett bra liv åt sig själv? Utan på en bra död åt sin make?

"Vi har ingen orsak att tro att Klara skulle vara skyldig", sade jag och försökte snabbt leda diskussionen in på något annat. "Men vad anser du själv om Levis alibi?"

"Hans alibi när krukan föll? Att han satt i en bil flera hundra meter från platsen där Atte fick hjärnan inslagen? Hmm, det är faktiskt möjligt att Levi skulle ha kunnat hypnotisera Titti att fälla krukan i huvudet på Atte genom att stirra på den skällande hunden från bilsätet."

Jag vägrade att svara på Sofias ironiska kommentar. Vi väntade i några sekunder på att den andra skulle ge efter och Sofia fortsatte spydigt:

"Oj, ursäkta, du menar naturligtvis Levis alibi i maj, när Atte dog. Ja, vad vet jag? Han säger att han skrev en tent, när Atte dog, och jag antar att polisen har verifierat det. Han kan inte ha varit i Helsingfors universitet och på Lappkulla samtidigt. Inte fastän han hade en väldigt snabb bil till sitt förfogande. En bil, som Atte hade köpt åt sin brorson."

"Ja, det ser ut att bli en svår nöt att knäcka", erkände jag med en suck.

"Det finns ingen nöt att knäcka", vidhöll Sofia. "Krukan föll som ett resultat av en olyckshändelse och han somnade in i en naturlig död. Det är så enkelt."

"Hade Atte några fiender?" frågade jag och ignorerade hennes ord.

"Nej, inte vad jag vet. I företagsvärlden hade han naturligtvis varit rätt hänsynslös, men det är åratal sedan dess."

"Vill du berätta något om dig själv från tiden innan du träffade Atte? Jag menar, hur har du förändrats under era gemensamma fem år?"

"Det är inte fråga om en önskan att berätta, men jag gör det av plikttrogenhet. Jag är skyldig Atte att hans död blir noggrant undersökt. Jag var en ung flicka, Sofia Andersson, vars fötter sveptes undan av en äldre, mera erfaren man. Och jag har inte ångrat det minsta. Under hela min ungdom saknades pengar, och nu finns det tillräckligt av dem. Mitt förhållande till pengar har förändrats. Men som sagt, Atte var mycket mera för mig än enbart pengar. Visserligen känns det ibland som om han hade köpt mig, men han betalade ett gott pris för mig. Och jag känner mig inte utnyttjad på något sätt."

"Utnyttjade du honom?"

"Nej, han fick nog vad han ville ha, och han betalade gärna för det som han såg att gjorde mig glad."

"Han betalade med sitt liv?"

"Jag tror att vår diskussion börjar närma sig sitt slut så småningom."

"Vad kommer din framtid att föra med sig nu när du blir rik?"

"Inte särskilt mycket nytt egentligen", sade Sofia och blickade ut över sina ägor. "Kanske en ny man när sorgetiden är slut?"

Hur kunde hon vara så kall? Jag började verkligen känna mig provocerad nu, även om det hade varit min avsikt att provocera henne.

"Och eftersom inte särskilt mycket förändras, undrar jag vad ni anser att mitt motiv var", sade hon med sina ögon fästa i mina.

"Pengar, förstås, det mest vanliga bland motiv", sade jag, irriterad över att det plötsligt var jag som tvingades i försvarsposition.

"Men vi hade ju pengar", vidhöll Sofia självsäkert. "Jag behövde väl inte mörda Atte för att få pengar. Han betalade ju för allt redan tidigare, så egentligen förändras min finansiella ställning inte alls, även om jag blir ensam ägare till hans eller våra medel. Tills nu hade Levi inga anspråk på våra pengar, så varför skulle jag ha riskerat allt med att ge Levi nyckeln att göra anspråk på Strömstams finanser via en arvstvist?"

"Det är sant", sade jag fundersamt. "Det ligger något i det du säger. Vi måste hitta det rätta motivet. Det kan vara mycket mera komplicerat än själva arvstvisten. Kanske Atte låg i vägen för något som du annars inte skulle ha kommit åt?"

"Jag tror faktiskt att det är Levi som har mera att vinna på Attes död än jag. Det betyder att ni borde vara lika ivriga på att spräcka Levis perfekta alibi som ni vill spräcka mitt alibi."

Jag visste inte vad jag skulle säga och vände min blick mot de perfekta blommorna. Plötsligt kändes det som om det vore ha varit mera lukrativt för mig att låta Sofia anställa mig att bevisa Levis skuld till mordet än det var att låta Levi anställa mig. Hur hade jag hamnat i denna knepiga situation? Det var dock för sent att backa ur nu. Jag hade gett mig in i fallet och jag hade lovat att göra allt jag kan. Men hade jag lovat att leta reda på sanningen eller att leta reda på en komponerad sanning?

Vilken sanning skulle pappa vilja att jag följde?

"Nu börjar det vara dags för mig att vattna blommorna", sade Sofia. "Visste du att under heta sommardagar lönar det sig inte att vattna under dagen, utan först under kvällen när det börjar svalna."

"Nej, det visste jag inte."

"Det kommer en tid, då spåren börjar svalna", konstaterade hon och jag ville inte börja tolka om hon hade sagt det som en utmaning eller inte.

Vi gick mot sandplanen, där min bil var parkerad. Jag gick tyst, med min nedslagna blick i den perfekt klippta gräsmattan. Ett tjatter hördes igen och jag tittade mot vinbärsbuskarna ifall en trast åter hade fastnat i nätet. Nej, den här gången flög en gråspräcklig trast från parkeringsplatsen. Fågeln hade slitit upp sidan av den avfallspåse av plast, som Sofia hade lagt vid sidan av sin bil. Skräp låg utspritt över sandplanen, då fågeln hade letat efter föda i påsen.

"Satan", fräste Sofia, och jag ryggade tillbaka skrämd över att höra henne få ett känsloutbrott. Hur kunde det vara möjligt? Jag hade anklagat henne för mord utan att hon hade rört en min, men när en fågel attackerade hennes avfall, så bröt hon ihop?

Jag såg en skymt av tomma yoghurtburkar och plastförpackningar innan hon raskt svepte in dem tillbaka i den förstörda plastpåsen. Till min förvåning tyckte jag mig se också en peruk. En kvinnoperuk med svart, rakt, mellanlångt hår. Jag hann inte fundera närmare på dess betydelse innan Sofia hade städat bort allt skräp och slängt plastpåsen in i sin bil.

"Sådär", sade hon och räckte handen. Jag tittade på den utan att riktigt veta vad jag skulle göra med den. Om jag skakade hand med henne, betydde det att vi hade ett samförstånd av något slag? Hade vi kommit överens om något? Var vi vänner? Respekterade vi varandra?

"Lycka till", sade jag utan att ta hennes hand. Jag visste inte riktigt vad jag hoppades att hon skulle lyckas med. Kanske jag önskade att hon skulle få ett bra liv. Antingen i ett fängelse eller i överflöd av pengar. Det var väl något att sikta på.

KAPITEL 5

Tisdag

En vecka till arvets utbetalning

Vi hämtade Levi från Lappkulla och fortsatte vår färd mot Hangö stad. Heinrich Schiller hade mött mig i Ekenäs och kört oss med sin hyrbil mot vårt äventyr. Hittills hade vi diskuterat bara obetydliga formaliteter för Heinrich ville berätta hela sin historia först när Levi var närvarande. Vi hade talat om hans flygresa och faktumet att hans och Centraleuropas augustisemestertid var orsaken till att han kunde komma till Finland med kort varsel. Han hade kopplat bort navigatorn så fort jag stigit in i bilen och han förväntade sig att jag skulle berätta hur man kom till Hangö.

Heinrich Schiller var en kort och korpulent man med rött ansikte och en enorm mustasch. Han sade sig vara en journalist, men han hade ännu inte berättat om hans yrke var orsaken till hans besök hos Atte ett år tidigare. Han talade bra engelska och vår kommunikation var ledig.

När vi körde förbi Tvärminne kunde jag inte hålla mig längre utan frågade vart i Hangö vi var på väg.

"Jag är nästan säker på att det är Tulludden", sade tysken med ett hemlighetsfullt leende. "Att den handritade kartan föreställer Tulludden."

Levi flämtade till av spänning och kopplade omedelbart upp sin trådlösa förbindelse till Internet. Med sin pekplatta gick han in på en virtuell karttjänst. Jag satt bredvid honom på baksätet och vek upp den gamla kartan samtidigt som Levi skrev in "Tulludden" i den virtuella kartans sökfält. Det hade känts konstigt att höra Heinrich säga namnet Tulludden mitt i en mening på engelska. Med sina fingrar justerade Levi sökträffens storlek så att det gick att jämföra de två kartorna. Det såg ut att stämma. Den gamla kartan föreställde inte en ö, utan den mindre udde, som sticker ut från den udde, där Hangö stad breder ut sig.

"Hur kunde du veta?" frågade Levi av vår chaufför, för vi insåg att han inte hade sett kartan tidigare.

"Det var en logisk deduktion", svarade tysken belåtet. "Ni förstår sedan när jag berättar hela historien."

I mina tankar försökte jag samla ihop det jag visste om Tulludden. Det var inte mycket, men desto mera märkvärdigt. Udden hade under årtionden varit förbjuden mark även om den befann sig i Hangös omedelbara närhet och stadsborna blickade ut över den varje dag. Tulludden hade varit avskilt med stängsel och man fick inte gå till området. Förbudet hade något med kriget och hamnuthyrning att göra. Genomfarten hade varit förbjuden ända tills bara en kort tid sedan, då området plötsligt hade öppnats för allmänheten. När man äntligen fick besöka området igen, hade man mötts av krigstida byggnadsruiner och naturstigar.

Diamanter från 30-talet, krig på Hangöudden och Tyskland. Kunde allt vara länkat till varandra? Hade Karl Strömstam varit en nazist? Frågorna surrade i mitt huvud. Jag tittade försiktigt på Levi Strömstam som tittade förväntansfullt på mig. Som om han var säker på att jag skulle lista ut alla knutar i detta fall.

Vi hade passerat trafikmärket för tätort och vi befann oss i Hangö stad. Jag dirigerade Heinrich att köra längs Appelgrensvägen in till centrum, för vi hade kommit överens om att äta lunch först. På vår vänstra sida skymtade en tennisplan och två vitklädda slog en tennisboll mot varandra i sommarhettan. Jag tänkte på min ordduell med Sofia Strömstam dagen innan. Vi hade slängt ord mot varandra som om de vore en tennisboll. Vi hade dock inte använt vapen såsom racketar utan civiliserade, väl valda ord och utan att svettas.

Casinot såg tomt ut, men de vackra spetsvillorna sjöd av liv under turismens högsäsong. Hangö sandstrand, Plagen, med sin legendariska vattenkarusell var överfylld av badande barn och unga. Jag hoppades att vår skattjakt inte skulle bli alltför fysisk, för sommarhettan baddade för fullt. Kanske man kunde svalka sig i havsvattnet på Tulludden. Jag hade hört någonstans att naturister hade kapat åt sig ett eget område på Tulludden. Tänk om vi skulle leta efter diamanterna mitt bland nakna människor!

Heinrich hittade en parkeringsplats vid havsmagasinen och vi gick till de gamla, rödmålade bodarna, där restaurangerna stod sida vid sida. Levi och jag valde laxsoppa med skärgårdslimpa, men Heinrich tog hellre stekt gös med nypotatis i purjosås. Efter att vi hade hämtat åt oss små fat med salladsblad och grönsaker till förrätt, satt vi en stund i skuggan och tittade ut över det glittrande havet och passerande segelbåtar. Någonstans långt bortom horisonten fanns Bengtskär fyr som vakade över skären. Skärgårdens små kobbar såg ut som spelpjäser på havets ofantliga schackbräde. Jag själv kände mig som en spelpjäs i ett schackparti, där någon annan bestämde om spelets gång.

"Sehr schön", sade Heinrich beundrande. "Min farmors far Dieter Bühlen uppskattade säkert också denna utsikt."

Levi och jag rätade på våra ryggar. Det var nu vi skulle få veta historien om de gömda diamanterna.

"För två år sedan hittade jag i mitt barndomshem i Hamburg en bunt med brev, som visade sig vara en korrespondens mellan min förfader Dieter och finländska Karl Strömstam på 30-talet."

"Karl Strömstam var min farfars far, alltså min farbror Attes farfar", sade Levi stolt.

"Precis", sade Heinrich. "Det tog en tid innan jag hittade Karls efterkommande. Men för ett år sedan tog jag kontakt med Atte Strömstam och reste till er gård, Lappkulla."

"Det var i september, strax innan Atte slog huvudet", sade jag förklarande.

"Okay, vänta lite. Jag måste gå tillbaka i historien. Enligt breven hade Karl och Dieter blivit goda vänner i Tyskland under 30-talet, när Karl tillbringade tid där. De behöll kontakten per brev."

"Och så började kriget", fogade jag in som om jag visste vart diskussionen började luta.

"Både Karl och Dieter såg att ett krig var oundvikligt, både i Finland och i Tyskland. De frågade sig själva vad man kunde göra för att gardera sig mot ett krig. Vad kunde man göra för att en skapa en bättre framtid efter att kriget en dag skulle vara slut? Eller hur man klarade sig bäst under svåra kriser?"

"Gömma undan tillgångar?" föreslog Levi.

"Precis. Och helst i sådana tillgångar, vars värde inte minskar och som man kan realisera till vilken valuta som helst, även när krigets damm har lagt sig."

"Diamanter", konstaterade jag.

"Karl bestämde sig för att köpa diamanter och gömma dem så att de kunde användas när kriget val var slut. Hans tanke var att de dessutom borde gömmas i ett helt annat land än i Finland, så att risken spreds utöver landsgränserna. Han ville att hans vän Dieter Bühlen skulle gömma diamanterna någonstans i Tyskland. Karl eller hans efterkommande skulle hämta dem när både Finlands och Tysklands oroligheter väl var slut."

"Men något ändrade dessa planer", sade jag, väl medveten om att vår skattjakt riktade sig mot Finlands sydligaste punkt istället för Tyskland.

"Karl köpte diamanterna strax innan vinterkriget bröt ut i Finland", sade Heinrich. "Som ett resultat av kriget tog Sovjetunionen över Hangö udd och befolkningen evakuerades. Även Strömstams blev evakuerade från Lappkulla och de blev alltså tvungna att lämna sitt hem med sina viktigaste ägodelar. Karl Strömstam hade diamanterna med sig hela tiden, men han klarade sig utan att behöva lösa in dem."

"Mitt under fortsättningskriget bröt Hangöfronten och ryssarna lämnade udden", mindes jag från lektionerna i historia.

"Ja, Karl återvände strax efter julen 1941", fortsatte Heinrich. "Eftersom han var halt, deltog han inte i kriget som soldat. Under evakueringstiden i Sibbo träffade han sin fru och Attes pappa föddes mitt under fortsättningskriget i Lappkulla. Allt detta fick jag veta under mitt besök hos Atte ifjol och det stämde in med det pussel som jag hade samlat från krigskorrespondensen mellan Karl och Dieter."

"Karl hade vuxit upp på Lappkulla och det var självklart att den svårt medtagna herrgården skulle rustas upp så fort man återvände från evakueringen. Attes pappa blev senare tvungen att sälja herrgården på 70-talet, men Atte köpte den tillbaka så fort han blev rik", visste Levi.

"Det var svåra tider, men tydligen var Karl Strömstam inte beredd att använda diamanterna, sin finansiella säkerhet, ännu under 40-talet." Jag tänkte högt för mig själv samtidigt som maten anlände framför oss. Laxsoppan såg het ut och det kändes lite fel i sommarhettan. Det var dock för sent att ångra sig nu.

"Det är här vi kommer in på Dieter Bühlen", sade Heinrich, tyskens efterkommande. "Under fortsättningskriget befann sig Dieter som en tysk soldat i Finland och han kämpade mot Sovjetunionen. Han kom hit 1943 och åkta tillbaka till Hamburg först i september 1944. Under den tiden var Finland

Tysklands allierade, men lokalbefolkningen ställde sig lite skeptiskt till nazisterna, som de visste att hela världen hatade."

"Hur gick det med Karls och Dieters vänskap?" frågade jag.

"Dieter besökte Lappkulla flera gånger under 1943 och 1944, och Karl brydde sig inte om det kontroversiella i tyskens och finländarens vänskap. De trodde på en framtid fylld av fred, men de var fortfarande ense om att det ändå kunde löna sig att sprida på penningegendomarna över världen."

"Dieters egendomar då?" frågade Levi med en girig röst. "Fick Karl i gengäld uppdraget att gömma en del av Bühlens förmögenhet från kriget?"

"Nej", svarade Heinrich. "Bühlen-familjen var fattig och hade inget att gömma. Det var enligt breven en av orsakerna till att Karl beundrade familjens gästfrihet under 30-talet."

Tysken tog en tugga av sin gös och smackade av välbehag innan han fortsatte:

"Under den tiden användes Tulludden i Hangö som en hamn för de tyska soldaternas semestertransporter till hemlandet. Dieter var faktiskt en av de sista tyskarna som utnyttjade Tulludden i september 1944. Han åkte hem till Hamburg, men en vecka efter ankomsten skickades han till Nordafrika, där han dog. Korrespondensen mellan Dieter och Karl slutar med breven i Finland, så jag kan bara dra dra slutsatser om vad som hände i slutet av Dieters liv och finska äventyr. Bland breven hittade jag ett litet papper som hade fungerat som ett följebrev samt instruktioner åt Dieters hustru. Det papperet sade att om något hände Dieter, skulle hans hustru skicka iväg ett färdigt skrivet brev som var adresserat åt Karl Strömstam. Dessutom skulle hon nämna Tulludden i brevet till Karl."

"Tydligen hade hon följt instruktionerna?" frågade Levi.

"Jag tror det, eftersom det inte fanns något egentligt brev kvar i samband med följebrevet. Och det betydde att mitt spår fortsatte i Finland."

"Du reste till Hangö i september ifjol för att diskutera med Karl Strömstams efterkommande, Atte Strömstam", konstaterade jag.

"Exakt", sade Heinrich förnöjt. "Jag ville fråga om ett sådant brev fanns. Tyvärr visste Atte ingenting om det hela, men han lovade söka bland släktens alla tillhörigheter som fanns på Lappkulla gårds vind. Där hade de funnits under hela efterkrigstiden även om gården hade varit i andras ägo under 70- och 80-talet. Jag åkte tillbaka till Hamburg och väntade på att få besked av Atte Strömstam. Beskedet kom aldrig trots att jag hade gett honom mitt visitkort, och först nu fick jag höra att han hade skadat sig så svårt att han inte kunde kontakta mig. Det förklarade varför jag aldrig fått svar på mina e-meddelanden. Men nu kan vi fortsätta skattjakten!"

"Tydligen hittade Atte brevet från Dieters änka bland hans pappas och farfars saker på vinden", sade Levi fundersamt. "Han förstod att brevet innehöll en skattkarta till de diamanter, som han samtidigt hittade ett kvitto på. Och så bjöd han mig till Lappkulla för att berätta hela historien, men han blev skadad och brevet försvann för ett år bakom hans skrivbord. Tills nu."

"Precis, Sofia bekräftade igår att Atte kallade på dig i september för att berätta om Heinrichs besök", sade jag.

Levi såg betydligt missnöjd ut över att Sofias namn hade nämnts. Eller var det för att Heinrichs besök såg ut att vara irrelevant med mordförsöket på Atte? Betydde det att skattjakten överhuvudtaget inte förde med sig någon ny ledtråd, då det gällde Attes död?

"Men varför sökte Karl aldrig diamanterna även om Dieters änka skickade kartan till var de fanns gömda?" frågade jag.

"Karl fick alltså kartan i slutet av 1944", förklarade Heinrich. "Jag tror att han inte var beredd att lösa in sitt skyddsnät förrän han var helt säker på var diamanterna var i bästa förvar. Vi måste komma ihåg att hela Finland och Europa var i ett kaos ännu långt efter att kriget var slut. Dessutom var Tulludden ett förbjudet område rätt länge och man fick inte röra sig fritt på udden. Under en tid var där till exempel ett kvinnofängelse."

"Dessutom dog Karl plötsligt i en bilolycka redan 1948", visste Levi. "Det betyder att han kanske inte hann berätta om diamanterna åt varken sin fru eller sin son innan han dog själv."

"Varför lydde Dieter inte Karls instruktioner att föra diamanterna till Tyskland?" frågade jag. "Det var ju hela idén med diamanterna att de skulle spridas som skyddsnät åt Strömstams även utanför Finlands gränser."

"Dieter kom alltså till Tulludden med Karls diamanter i september 1944", sade Heinrich medan han torkade den sista purjosåsen från sitt fat med en bit bröd. "Det var förmodligen rätt kaotiskt där, eftersom tyskarnas sista transport från basen var igång. Framtiden såg mycket oklar ut. Dessutom kom ständigt ny information om att tyskarna började stöta på motgångar i kriget. Östersjön började vara allt farligare för tyska fartyg, då minor och torpeder sänkte dem en efter en. Dieter började inse att diamanterna kanske trots allt inte var trygga i Tyskland. Han beslöt sig för att gömma dem redan i Tulludden och han tänkte skicka kartan till gömstället åt Karl så fort han anlände till Hamburg."

"Karl fick alltså kartan men vi kan inte vara helt säkra på att han förstod att kartan syftade på just Tulludden", sade Levi. "Dieters frus följebrev fanns ju inte bland de tillhörigheter som Atte hittade på vinden."

"Alldeles", medgav Heinrich. "Det är möjligt att Karl inte visste vad kartan föreställde! Men vi vet nu, efter alla dessa år. Och om ingen har hittat gömstället, borde diamanterna alltså finnas kvar!"

"Men varför gjorde Dieter allt detta besvär?" frågade Levi lite misstänksamt. "På vilket sätt skulle han dra nytta av diamanterna?"

"Jag tror att Karl och Dieter hade en ordlös pakt", svarade Heinrich. "Om kriget slutade med att Strömstams utplånades, skulle Dieter få den moraliska rätten att använda diamanterna för att bygga upp ett nytt liv åt sig."

"Huvudsaken var att någondera parten skulle få del i krigsarvet", sade Levi bistert, och han tänkte säkert på sin egen personliga arvstvist.

"Vilken fantastisk historia!" utbrast jag entusiastiskt.

"Men vad hände egentligen med Atte?" frågade Heinrich, och jag drogs ned på marken igen. Tankarna kring skattjakten hade lett mina tankar bort från mitt egentliga uppdrag: att få fast Sofia Strömstam för mord. Levi och jag tittade på varandra.

"Vi tror att Atte blev utsatt för mordförsök den 15:e september ifjol", sade Levi försiktigt.

"Tre dagar efter att jag hade besökt honom och återvänt till Tyskland", sade Heinrich tankfullt.

"Märkte du något konstigt på Lappkulla under ditt besök?" frågade jag. "Träffade du till exempel Attes fru, Sofia Strömstam?"

"Jovisst träffade jag henne! En förtjusande kvinna. Atte och jag diskuterade i hans arbetsrum i några timmar innan jag återvände till flygfältet. Under diskussionen sysslade Sofia med inredningsarbeten på herrgårdens andra våning. Någonting som tydligen hade med hösten att göra."

"Kan det ha haft att göra med krukor? Fylla dem med höstblommor på verandan?" frågade jag förhoppningsfullt.

"Det är möjligt", sade tysken. "Mina tankar var helt annanstans. Jag minns tyvärr inte. Men om det har gått ett år sedan dess, har ni säkert fått fast mördaren vid det här laget."

"Nej, tyvärr", erkände Levi. "Men han dog först nu i maj, flera månader senare."

"Ach so. En utdragen död. Vilken tragedi!"

Levi betalade vår lunch och vi begav oss till bilen, mätta och belåtna. En stund senare körde Heinrich längs Esplanaden mot Tulluddsvägen, där vi lämnade bilen. Vi tog med oss en rejäl vattenflaska och började gå längs en naturstig mot vårt mål.

"Var Dieter Bühlen en nära släkting till dig?" frågade jag nyfiket av tysken.

"Nej, inte egentligen, jag har bara hört berättelser om honom och hans äventyr i Finland och i Nordafrika", svarade Heinrich. "Men visst vore det spännande att få klarhet i den här lilla detaljen av hans liv. Hur han gömde sin finländska väns diamanter. Och jag hoppas att ni ställer er välvilligt till att jag använder er i min berättelse."

"Använda? På vilket sätt?" frågade jag.

"Eftersom jag är journalist på en stor tysk veckotidning, skulle jag gärna skriva en artikel om en modern skattjakt i samband med gamla krigshistorier. Jag tror att det blir en artikel som väcker stort intresse. Det är helt klart att jag inte kommer att dra finansiell nytta av diamanterna även om vi hittar dem, men en krigsartikel med era riktiga namn skulle jag gärna se fram emot."

"Naturligtvis", sade Levi. "För mig är det alldeles OK."

"Jag har heller inget emot det", sade jag tveksamt, eftersom jag förstod att man därefter skulle hitta mig med namnsökningar i Internets sökmotorer.

Efter vårens händelser var jag orolig för sådana saker, men jag kunde inte neka Heinrich lite framgång i en sak, som han redan hade lagt väldigt mycket energi på.

"Gut", sade Heinrich, och gick ännu raskare längs den trädkantade stigen.

Levi kalkylerade avståndet från uddens kuster till tre fyrkantiga lådor på Dieters handtecknade karta. Han jämförde avståndet på den karta som han tittade på i Internet och drog slutsatsen att vi började närma oss en öppen plats, som kunde förklara vad de tre "lådorna" betydde.

Lådornas betydelse var uppenbar genast när vi såg dem. Framför oss stod tre ödelagda barackbyggnader av tegelsten och hafsigt slevat murbruk. Vi tittade in i byggnaderna och de visade sig vara tomma med undantag av något bråte, som var svårt att känna igen. En björk hade börjat växa upp genom det murkna golvet.

Dieter hade varit tillräckligt förutseende att inte gömma diamanterna i byggnaderna, som lätt kunde förstöras i samband med krig. Byggnaderna fungerade dock som ett landmärke. Enligt Dieters karta tornade en större klipphäll upp bakom de tre lådorna, och det stämde också in på verkligheten. Krysset var tecknat strax bakom klipphällen, i något som såg ut som ett "v".

Vi klättrade upp på klipphällen och plötsligt stod vi bland blommande ljung och knotiga tallar. Utsikten var fantastisk och den hade tydligen inspirerat sjömän och soldater att rista in sina initialer i berget. Sol, is och vind hade slipat klipporna lena som sammet och de var heta i augustisolen. En ödla kilade snabbt in i en skreva fylld med en klunga högt växande saltgräs.

Heinrich, Levi och jag tittade omkring oss för att låta fantasin svepa iväg med oss. Vad kunde man använda som en skattgömma här? Ett ställe som var tillräckligt undangömt för att inte vem som helst skulle hitta det? Vad betydde det "v" som tycktes omfamna krysset?

"Kan V vara första bokstaven i ett ord på svenska eller tyska?" frågade Levi otåligt.

"V som i vilse", smålog jag. "V som i vatten? Vide?" Jag tittade omkring mig som för att leta efter ord som började på V.

"Jag tror inte att Dieter lärde sig svenska", sade Heinrich fundersamt. "De kommunicerade på tyska i sin brevkorrespondens, så jag antar att ordet är på tyska. Problemet är att ord och namn som börjar på V inte är särskilt vanliga på tyska."

"Kanske det inte är en bokstav överhuvudtaget?" undrade jag. "Om det som liknar ett V i själva verket är en figur på samma sätt som lådorna visade sig vara byggnader."

Ödlan tittade upp från skrevan igen.

"Det är en fåra", utbrast Levi och vi började genast titta omkring oss. "V-tecknet symboliserar väggarna i en djup fåra! Diamanterna är gömda i en fåra i klipphällen."

Bakom den tunna skrevan med ödlan fanns en bredare fåra, som vi knappt hade lagt märke till tidigare. Fåran var täppt med ett torkat träd som till hälften hade sjunkit in mellan fårans väggar. Det döda trädet hade varit så länge i fåran att det hade börjat växa gräs omkring det. Gräset hade ytterligare täppt till den djupa fåran. Klippan med dess fåra hade säkert funnits på samma ställe sedan istiden.

Levi tog ett ordentligt tag om en av trädets förtorkade grenar. Han försökte dra upp trädet som om man drog upp en propp från en lavoar. Trädet rörde lite på sig men gav inte efter. Jag började dra åt samma håll i en annan förtorkad gren. Först när Heinrich skuffade från andra hållet, lyckades vi slita upp trädet från fåran och det drog med sig en massa gräs och unket vatten. Vi tittade in i fåran, som vi just hade blottat. Ingenting.

Fårans botten innehöll massvis med runda stenar, som hade slipats lena under åren som gått. Vi var svettiga av ansträngningarna och den heta solen, och vi stönade frustrerat över det fruktlösa sökandet. Vi tog en slurk med vatten ur flaskan och blickade ut över havet. Ett jättelikt fartyg på väg till hamnen transporterade containers och den såg ut att flyta irriterande nära stranden.

Med en djup suck stegade jag ner till fårans botten och började plocka de små stenarna åt sidan. Bara ifall det skulle finnas något under dem. Och mycket riktigt. Efter en stund märkte jag att något metalliskt skymtade under stenarna. Heinrich och Levi ställde sig nyfiket på andra sidan fåran. På nolltid hade jag en liten burk av tenn i min hand. Jag tittade på männen framför mig och undrade vem jag skulle räcka den åt. Min instinkt sade att Heinrich var den som hade mest rätt att öppna burken.

Nästan andlöst bröt tysken upp locket på burken. Den var inte särskilt svår att öppna. Innanför var något inlindat i ett läderstycke. På lädret hade någon skrivit med stora svarta bokstäver "Ägare Karl Strömstam, Lappkulla." I alla tider har man litat på den finländska ärligheten, ifall någon råkar hitta något som inte tillhör honom eller henne, och att denne ser till att ägodelen levereras till den rätta ägaren.

När Heinrich Schiller vecklade upp lädret, glittrade plötsligt stenar i kapp med glittret från vattnet bredvid klipphällen där vi satt. De 30 pyttesmå stenarna var tydligen diamanter. Ingen av oss hade sett sådana stenar i det verkliga livet tidigare. Vi hade hittat Karl Strömstams och Dieter Bühlens gömda skatt! Vi hade ingen aning om hur mycket stenarna var värda. Vi antog dock att de var så pass värdefulla att Karl Strömstam vid behov hade kunnat bygga upp en ny framtid med hjälp av dem.

"Vem tillhör de nu?" frågade Heinrich med darr på rösten. Han var tydligt rörd över den framgång, som han hade jobbat mycket för.

"Bra fråga", sade jag och mina tankar fumlade mellan Strömstams arvtagare, Sofia och Levi Strömstam. Eller tillhörde de Museiverket? Hangö stad? Finska staten? Det var uppenbart att det skulle ta en lång tid innan det var klarlagt vem diamanterna egentligen tillhörde. Karl Strömstams kvitto från juvelaffären i Helsingfors skulle dock med all sannolikhet väga mycket, och det betydde att hans efterkommande förmodligen var de rätta ägarna. Vi var tillbaka i utgångspunkten. Diamanterna var troligtvis en del av Atte Strömstams dödsbo, och det var föremål för en enorm tvist mellan Levi och Sofia Strömstam.

"De är en del av Strömstams arv", sade Levi bestämt med en röst som var blandad med girighet och självsäkerhet.

"Vi måste göra det här rätt", sade jag. "Är det OK om ni överlåter diamanterna åt mig, och att jag överlåter dem åt Stefan, alltså polisen? Han får tillsammans med förrättaren till Atte Strömstams dödsbo bestämma om de utgör en del av arvet eller inte."

"Om en vecka kommer Attes arv att gå till fel person", snäste Levi. "Om vi inte gör något drastiskt, kommer Sofia att kapa åt sig även dessa diamanter som en del av arvet."

"Vad menar du med drastiskt?" frågade Heinrich, som började intressera sig för vår ordduell.

"Vi har inte kommit ett dugg närmare vårt mål", sade Levi med en gäll röst. "Vi har tillbringat en hel dag med att göra Sofia ännu rikare."

Det var tydligt att han visste att jag hade rätt. Diamanterna tillhörde Attes dödsbo, hur mycket Levi än ogillade det. Och en del av honom hade redan förlorat hoppet att han skulle få arvet istället för Sofia.

"Jag har inte gett upp hoppet ännu", sade jag utan att låta trovärdig.

"Okay, ta diamanterna då", fräste Levi. "Se till att Stefan får dem. Vi går härifrån."

Vi steg upp från klipphällen och tog en slurk vatten inför vår färd tillbaka till bilen.

Plötsligt stod en helnaken man i äldre medelåldern framför oss. Jag mindes omedelbart att det fanns en nudiststrand någonstans på Tulludden. Heinrich tappade sin plastflaska i klippfåran, och lyckligtvis gick den inte sönder. Levi tittade åt sidan som om hans blick letade efter något annat att sikta på än det uppenbara.

"Har ni något gräl på gång?" frågade den nakna mannen.

"Nej, en liten arvstvist bara", sade jag och började gå bort från platsen med tennburken och dess innehåll i handen. Det roade mig att Karl Strömstams juveler hade legat bland alla dessa kronjuveler, som dinglade framför oss.

KAPITEL 6

Onsdag

Sex dagar till arvets utbetalning

Solen fortsatte att skina och morgonnyheterna hade dominerats av jordbrukarnas klagomål över att skördarna skulle förtvina om inte regn skulle komma snart. Under min korta promenad till polisstationen i Formanshagen i Ekenäs hade gasset redan hunnit få mig att svettas. Luftkonditioneringen på polisstationen var behaglig. Det var tydligt att Stefan Rundberg hoppades på innejobb denna onsdag. Han tog gärna emot mig i sitt bås, för det såg ut att bli en lugn dag på stationen.

Med en suck av lättnad överlämnade jag diamanterna åt honom och förklarade hur vår dag i Hangö hade artat sig. Stefan var ärligt förbluffad över vår skattjakt och han önskade att han hade deltagit i den. Själv var jag nöjd över att diamanterna inte låg på mitt ansvar längre. Hela natten hade jag varit rädd för inbrottstjuvar och även under min morgonpromenad hade jag tittat över axeln mera än en gång. Heinrich hade åkt tillbaka till Hamburg med kvällsflyget och Levi hade återvänt till sitt rum på Lappkulla, väl avskild från Sofias flygel. Jag hade lovat att ringa Levi senare med synpunkter på hur jag skulle fortsätta undersökningarna. Jag hoppades på att Stefan skulle ge mig några uppslag. Även han var lite besviken över att den tyska ledtråden inte hade fört med sig något nytt om Attes död. Och att vi därmed fick koncentrera oss på de andra ledtrådarna.

Samtidigt tittade Stefans förman in i hans bås. Jag hade träffat Nettan Larsson under en knarkhandelsundersökning förra mars.

"Hej Nettan", sade jag. "Hur fortskrider utredningarna kring knarkhandeln i Västnyland?"

"Bara bra", svarade Nettan. "Vi är nära ett gripande, men mera kan jag naturligtvis inte berätta. För övrigt verkar det som om knarkfallen har minskat för tillfället. Det är lite konstigt, för de brukar alltid blomma upp till sommaren."

"Men vi kunde i varje fall bekräfta att den skyldige inte är Axel Nordsund", sade Stefan och hänvisade till den oskyldige unge man, som hade pekats ut för brotten.

"Det låter bra", sade jag utan att avslöja hur mycket jag egentligen kände till om fallet. De skulle nog reda ut det, och jag ville inte ha något med det att göra längre. Mitt nya fall fick inte bli distraherat av tidigare undersökningar.

"Jag lämnar er herrar ensamma", sade Nettan och stängde dörren till båset.

"Jag undrar om du kunde hjälpa mig att tänka högt genom våra teorier", sade jag som om Stefan vore min assistent. "Antagandet om Sofias skuld bygger på några svårlösta fakta och jag tror att vi borde vädra dem lite tillsammans."

"Det låter bra", sade Stefan. "Jag har en halvtimme på mig innan jag skall förhöra en misstänkt i ett annat fall."

"Fint. Om vi börjar med mordförsöket. Hunden, den fallande krukan, lockandet av Levi som vittne... allt det blev rätt detaljerat behandlat, när Levi berättade historien på söndagen."

"Ja, officiellt var det en olycka och vi kan inte bevisa något annat. Mordplanen var det perfekta brottet om man bortser från en liten detalj. Istället för att dö blev Atte totalförlamad utan möjligheter att kommunicera med omvärlden."

"Över ett halvår förflyter och så dör Atte på riktigt. Officiellt anses hans död vara naturlig, alltså att han somnade in för gott, men respiratorns funktionslogg får polisen och Levi att ana ugglor i mossen." Jag tittade ut genom fönstret på en klipphäll, som såg ut att vara täckt av mossa. Mina tankar gick tillbaka till vår spännande skattjakt på Tulluddens klipphällar dagen innan.

"Även här går det inte att bevisa något. Respiratorn kan ha haft funktionsstörningar av någon annan orsak än att någon knäppte av den och på den manuellt, och åklagaren ser ingen orsak att väcka åtal. Vi har undersökt allt och vi behöver nya ledtrådar för att förhindra den kommande utbetalningen av Attes arv till hans änka." Stefan suckade djupt.

"Vi måste alltså lägga alla våra tankeresurser på hans död istället för det tidigare mordförsöket. Det är där som den svaga länken finns även om den händelsen innehåller exceptionellt starka alibin."

"Jag håller med. Vi har alltså tre personer som kan ha begått mordet, om vi utesluter en olyckshändelse och utesluter att någon helt utomstående kan ha brutit sig in i Lappkulla. Vi har uteslutit inbrott eftersom alarmet var påkopplat när Atte dog, och inga fönster eller dörrar var öppna. De tre personer som kände till koden till inbrottslarmet var Sofia, Levi och sjuksköterskan Klara."

"Hur vet vi att Klara, Sofia eller Levi inte har gett koden åt någon annan, som sedan utförde mordet?"

"Alla säger att de inte hade gett koden åt någon utomstående. Koden byttes ut strax innan Sofia åkte på sin resa. Om någon har gett koden åt en medhjälpare, ljuger den personen, och är därmed alltså delaktig i mordet."

"Om vi börjar med sjuksköterskan", föreslog jag, "... ni har kollat hennes bakgrund och det finns inget konstigt där. Hon är ingen seriemördare antar jag. Det finns inget motiv för henne heller."

"Vi är tvungna att anta att Klara Åkerstrand är oskyldig. Inget pekar på henne. Men vi har dock det konstiga sammanträffandet att det var hennes syster som kände igen Sofia i Somero, och det har fått oss att ifrågasätta Sofias alibi."

"Nåväl, jag skall stämma träff med systrarna senare", sade jag. "Och så har vi Levi Strömstam, som har mycket att vinna om Atte dör och hans hustru förklaras skyldig till dådet. I så fall blir Levi ensam arvtagare till miljoner och åter miljoner."

"Om han ville göra så, skulle han bli tvungen att utföra mordet så att Sofia klart och tydligt pekas ut som skyldig", sade Stefan. "Nu har han inte gjort så. Varför skulle han ha mördat Atte under just den tid, då Sofia har perfekt alibi under sin Interrail-resa?"

"Det låter faktiskt otroligt", medgav jag. "Om det inte är fråga om att han vill föra oss bakom ljuset dubbelt upp? Att han vill få oss att utesluta honom bara för att han inte skulle ha gjort något så dumt att det inte är logiskt? Och att det sedan ändå går som han vill, alltså att Sofia arresteras?"

"Det är kanske lite högtflygande, men ändå möjligt, ja", sade Stefan fundersamt. "Men han har ändå ett alibi under en tent i Helsingfors samtidigt som Atte dog. Vi har sett hans handskrivna tent, och det är hans handstil, och tentens övervakare minns klart att det var Levi som var närvarande och inte någon annan."

"Dessutom är Levi din vän", påpekade jag. "Det är svårt att betrakta sina vänner som svekfulla." Mina tankar gick till mina barndomskamrater i Fiskars.

"Sant", sade Stefan. "Men även om det inte är helt omöjligt, har jag ändå svårt att se Levi som skyldig till mord."

84

"Och det är därför som vi sitter här med det enda återstående kortet", sade jag. "Att vi har uteslutit alla andra misstänkta än Sofia Strömstam, och att vi är tvungna att spräcka hennes alibi."

"Okay, vi kör igång då", sade Stefan tveksamt. "Vi tar en svag punkt i taget."

"Vår utgångspunkt är att Sofia på något sätt har förfalskat sin Interrail-resa och att hon egentligen befann sig i Finland, redo att åka till Lappkulla för att manipulera Attes respirator. Under den dagen, då Atte dog, var Sofia i Lappkulla eller i gårdens närhet så att hon kunde se när Klara lämnade gården för sitt sedvanliga korta ärende till snabbköpet. Resten av tiden för alibit, Interrail-resan, tillbringade Sofia på sommarstugan i Somero utan att någon visste om det."

"Det var allt i ett nötskal", bekräftade Stefan. "Vi kan bryta upp det där påståendet i flera komponenter och undersöka dem en efter en."

"Innan det undrar jag ändå vad du tänker om hennes motiv", funderade jag. "Vi tar för givet att arvet är motivet till Attes död, men kan det vara något annat?"

"Pengar låter nog som motiv nummer ett, men varför inte? Vad skulle det annars vara? Hat? Hämnd? Snedsprång?"

"Om han hotade med skilsmässa?" föreslog jag. "I så fall skulle hon inte ha tillgång till hans miljoner längre."

"Men å andra sidan skulle hon i skilsmässan få tillgång till hälften, för de har inget äktenskapsförord."

"Men om det fanns någon annan? Någon som hon ville ha? Och Atte stod i vägen mellan dem?"

"Levi? Det låter ytterst osannolikt efter Levis upprustning och häxjakt efter henne."

"Om Sofia tillbringade en månad undangömd på stugan istället för att vara på Interrail, kanske hon hade sällskap av sin älskare?"

"Hmm, varför inte", funderade Stefan. "Men vi hittade inget spår av varken henne eller någon annan i stugan."

"Nåja", erkände jag. "Vi kanske lämnar motivet tills vidare. Om vi börjar med själva Interrail-resan. Vad behövs för att förfalska en sådan resa?"

"Vi har sett Interrail-häftet med anteckningarna från de olika etapperna. De stämmer och häftet är inte förfalskat. Någon har varit på en sådan resa under precis de rätta dagarna, men kan vi ta för givet att det var just Sofia?"

"Om hon har köpt häftet av någon annan som har utfört resan?"

"I så fall var hela resan planerad i förväg. Hon kan knappast ha köpt häftet efteråt av någon som hade råkat vara på Interrail samtidigt. Och som helt enkelt bara ville sälja häftet som ett bevismaterial och som ett manipulerat försvar åt Sofia."

"Absolut. Interrail-resan måste ha varit planerad in i minsta detalj. Men om resan utfördes av någon annan än Sofia, hur förklarar vi då att det finns fotografier med henne på precis de rätta platserna?"

"Det är verkligen en svår nöt. Fotografiernas tidslogg stämmer in så vi kan bara utgå ifrån att Interrail-resan är sann."

"Jag är inte beredd att ge upp ännu", sade jag bestämt. "Om det inte är Sofia på bilderna även om det ser ut som hon?"

"Vi har analyserat bilderna och de är inte manipulerade", svarade Stefan. "Det är uteslutet att någon annan ursprungligen har funnits på bilderna och att man senare har bytt ut ansiktet till Sofias med hjälp av fotografimanipulation."

"Men om det är någon som liknar Sofia?"

"Här är ett fotografi av Sofia", sade Stefan irriterat och tog fram en bild från en mapp. "Jämför det med resebilderna på hennes sociala konto och påstå ännu en gång att det inte är hon!"

Jag jämförde noggrant fotografiet med en av hennes bilder i det virtuella fotografialbumet. Jag försökte hitta felplacerade födelsemärken eller fräknar på någondera bilden. Flickan, som hade tagit en selfie framför St Stefansdomen i Wien, såg identisk ut med Sofia. Båda hade samma bleka ansikte i perfekt make-up och samma uttryckslösa min. Var kosmetikans uppgift att dölja födelsemärken? Jag började känna mig paranoid. Letade jag efter något som inte fanns? Selfien var visserligen mera otydlig och amatörmässig än Stefans officiella foto, men hade jag gått för långt i mina spekulationer?

"Jag undrar om vi kunde göra en fantombild på Sofia", sade jag. "Jag såg en peruk på Lappkulla häromdagen och det kändes som om den var betydelsefull. Om vi kunde se en bild av Sofia med en sådan peruk?"

"Naturligtvis", sade Stefan och öppnade ett bildhanteringsprogram. Han skannade Sofias fotografi i programmet och jag började förklara hur det mellanlånga, raka håret skulle ersätta Sofias långa, blonda hår. När den nya bildens hårfärg dessutom målades svart, såg jag framför mig en helt ny Sofia. Jag hade ingen aning om vad jag skulle göra med bilden, men jag tänkte ändå fråga av mina intervjuobjekt om de hade sett en sådan kvinna i något skede. Stefan räckte åt mig några kopior av Sofias fotografi både som sig själv och som den svarthåriga kvinnan. "Jag skickar bilderna åt dig med e-post också för säkerhets skull."

"Du förstår väl att om vi utgår ifrån att Sofia hade en dubbelgångare, så blir peruken helt överflödig", fortsatte Stefan. "Dubbelgångaren ville väl se ut precis som Sofia istället för helt annorlunda?"

"Antagligen har peruken ingenting med saken att göra", erkände jag.

"Kanske peruken användes i deras sänglekar?" föreslog Stefan med en glimt i ögat.

"Nja, i så fall kan man kanske anta att det var Sofia som använde den och inte Atte."

"Man vet aldrig."

"Okay, om vi återgår till teorierna", sade jag. "Om det var någon annan än Sofia som åkte Interrail, betyder det att den personen stod till förfogande under hela maj, när resan gjordes. Vem skulle göra något sådant?"

"Kanske Sofia lovade en bra lön för mödan?"

"Det låter som ett enormt projekt", erkände jag.

"Det betyder också att mordet på Atte började planeras långt innan resan gjordes!"

"Alldeles", utbrast jag, chockad av hur kalkylerat allt hade varit om teorin visade sig vara sann. "Han släpptes från sjukhuset i november så fort sjukrummet var installerat på Lappkulla. Sofia började planera hur hon skulle slutföra sitt tidigare mordförsök genast efter det."

"Läkarna hade berättat att han kunde dö närsomhelst, men också att han kunde sova hur länge som helst. Kanske hon saknade tålamod att vänta på hans död?"

"Men ändå hade hon tålamod att skapa en långtgående plan, där han skulle dö först flera månader senare?"

"Kanske hon skapade mordplanen för säkerhets skull?" föreslog Stefan. "Hon var medveten om att Atte kanske inte skulle leva ända till våren, varmed hon inte skulle behöva använda sig av själva mordplanen. Men så gick det inte, och hon blev tvungen att kassera in reservplanen i maj, alltså Interrail-resan."

"Hon behövde alltså en resenär som stod till förfogande i maj", konstaterade jag. "Vem skulle det vara?"

"Vi har gått genom Sofias närmaste släktingar", sade Stefan. "Det finns ingen i den Anderssonska familjen som liknar henne. Och det finns ingen hemlig tvillingsyster heller."

Jag suckade djupt. Vi kom ingenvart hur mycket vi än grubblade.

"Nåväl, om vi övergår till sommarstugan då", sade jag. "Vad behövs för att man skall kunna ligga lågt på en sommarstuga under flera veckor i maj?"

"En bra fråga", sade Stefan, "... men vi har kollat allt det också. Stugan saknar elektricitet, så vi har ingen förbrukningsstatistik att gå efter. De brukade använda en gasflaska att värma upp mat med. Det fanns inget skräp som visade på någon närvaro, ingenting."

"Vi kan anta att hon har haft en mobiltelefon eller en pekplatta med sig eller kanske båda...", funderade jag, "... så hur har hon laddat dem? Inga batterier håller en hel månad utan laddning."

"Bra fråga", funderade Stefan. "Vi har inte tänkt på det. Nuförtiden håller batterierna långt över en vecka, kanske två veckor om man använder dem sparsamt. Kanske hon hade reservbatterier till förfogande?"

"Faktum är att under slutet av resan hade hon en fungerande mobiltelefon för hon blev uppringd med nyheten om Attes död."

"Sant", erkände Stefan. "Kanske hon gick från stugan till något ställe där hon kunde ladda sin telefon och pekplatta?"

"Vart? En bensinstation? Ett bibliotek?"

"Närmaste by med tjänster finns 20 kilometer från stugan. Men jag såg faktiskt en bensinstation ungefär 7 kilometer därifrån. Kanske hon gick dit? Kanske det var då som hon blev sedd av Klara Åkerstrands syster?"

"Nåväl. Vad har hon ätit?" frågade jag. "Det måste ha varit konserverad mat, eftersom hon knappast hade tillgång till färskvaror när hon befann sig isolerad på stugan."

"Det är sant. Hon har legat verkligen lågt. Det har blivit en massa avfall, men hon kan ha forslat bort det senare."

"Hygien? Blir det spår om hon har värmt upp bastun?"

"Man får vatten från den närliggande dammen. Men jag tror inte att hon skulle ha tagit risken att värma upp bastun eller stugan med brännved. Det hade varit en alltför stor risk att grannarna hade känt röklukten. Men kanske gasen räckte till att värma upp lite badvatten på spisen?"

"Grannarna har inte sett någonting?"

"Nej, den enda och närmaste grannen bor en bit från Strömstams stuga och hon hade ingen orsak att gå till Strömstams. Speciellt om det inte fanns några tecken på att Strömstams var på plats. Den enda vägen till stugan går förbi grannen, så hon skulle nog ha hört bilen, eller sett spår av något fordon på den mjuka vägen."

"Strömstams stuga är isolerad från omvärlden?"

"Ja, ingen utomstående har någon orsak att gå i närheten av den, så i princip skulle Sofia nog ha fått vara i fred där. Skogsdammen är deras egen."

"Fanns det en risk för att Levi eller någon annan bekant plötsligt dök upp i stugan under hennes vistelse där i maj?"

"Nej, Levi avskyr stugan. Han har bara besökt den en gång, när han var liten. Den är alltför anspråkslös för att de ville bjuda gäster dit, speciellt om man jämför den med Lappkulla herrgård."

"Okay, det borde alltså ha funnits ett stort matförråd, när Sofia anlände till fots, och avfallet måste transporteras bort rätt snabbt efter att hon inte behövde alibit längre."

"Alldeles. Hon säger att hon gjorde ett besök dit sent i april och genast efter Attes död för att reda ut sina tankar. Grannarna bekräftar det."

"Är det kallt i stugan i maj? Hon behövde ingen uppvärmning?"

"Hon har en varm sovsäck till förfogande och hon har i så fall använt den", sade Stefan.

Jag tänkte ännu en stund och tittade på klockan. Stefans och min gemensamma tid började ta slut. Vad mera kunde vara till nytta under en månads vistelse i en stuga?

"Skit!" utbrast jag och Stefan ryggade tillbaka. "Kollade ni utedasset? Det borde ha blivit sådant spår om hon hade tillbringat en månad där!"

"Nej, Jonas", svarade Stefan surt. "Jag erkänner att vi inte trodde så pass mycket på att hon skulle föra oss bakom ljuset att vi skulle ge oss in på att kolla hennes exkrementer."

"Okay, okay. Nå bilen då. Om Sofias bil var på Lappkulla medan hon var på Interrail, hur reste hon till och från Somero? Hon reste till exempel till Lappkulla för att mörda Atte."

"Med buss", föreslog Stefan. "Det går busslinjer mellan Somero och Hangö med byten i Salo."

91

"Salo å rinner genom Salo och upp mot Somero. Kan hon ha åkt med motorbåt från Hangö udd över havet till åmynningen och sedan fortsatt med ån till en förtöjningsplats varifrån hon sedan har gått till sommarstugan?"

"Jag tror inte det", sade Stefan. "Motorbåten var oanvänd vid Lappkullas brygga under hela maj, och stugan befinner sig faktiskt rätt långt från ån."

"Okay, vi antar att det var med buss. Men då fanns det en risk att någon skulle se henne", sade jag och samtidigt slog det oss båda.

"Peruken!" utbrast Stefan. "Hon behövde peruken där för att minska risken att bli igenkänd!" Stefan tittade en gång till på fantombilden, som fortfarande blängde på honom på datorskärmen. Det kändes som om vi hade hittat ett spår att följa upp.

"Jag tar bilden till bussbolaget och hör mig för", sade Stefan. "Helt officiellt."

"Klara Åkerstrands syster då?", frågade jag. "När hon svär på att hon såg Sofia i Somero i maj, var det blonda Sofia eller mörkhåriga Sofia?"

"Den Sofia som ser ut som riktiga Sofia", sade Stefan och lät förvirrad över sin egen tankegång. "Den blonda Sofia. Det var så att Klaras syster var på väg till Somerniemis första sommartorgdag, när hon körde längs en liten väg i Somero. Där såg hon Sofia jogga, men hon stannade inte för att prata med henne. Det var först under samtal med systern som det konstiga dök upp. Att det omöjligt kunde ha varit Sofia, för hon var på Interrail just då. Båda systrarna hade träffat Sofia, när Klara blev vald till Attes sköterska."

"Ja, det måste ha varit ett väldigt olyckligt sammanträffande för Sofia, när hon efteråt fick höra att hon hade blivit sedd i Somero. Hon kunde inget annat än att neka och påstå att Klaras syster hade sett fel."

"Det lär ha varit en exceptionellt varm dag, så kanske Sofia hade tagit risken att för en stund lämna bort den varma peruken?" föreslog Stefan. "Platsen, där Sofia blev sedd, är rätt långt från sommarstugan, så kanske hon inte såg en risk att grannen skulle se henne."

"Men platsen är ändå på väg till stugan?"

"Ja, busshållplatsen befinner sig rätt långt från stugan. En fotgängare blir tvungen att gå en bit längs en allmän väg, och sedan åtminstone en halvtimme längs skogsstigar för att nå Strömstams sommarstuga från det andra hållet än skogsvägen förbi grannen."

"Okay, så under dessa promenader till bussen kunde Sofia inte bära på särskilt mycket matvaror eller skräp."

"Nej, de forslades till och från stugan i förväg och i efterskott med bil."

"Om hon lämnade en jättesäck med skräp i avfallstunnan i mitten av maj efter den så kallade Interrail-resan, skulle det bli spår av det i avfallsbolaget?"

"Vi tänkte på det också och kollade", sade Stefan. "Ingen har märkt något. Men vi kan också anta att hon i så fall skulle ha fört det till en avfallsstation utan att det blir något spår av det hela. Men, borde vi summera ihop allt nu för att se vad nästa steg blir?"

"Alldeles", sade jag och tittade på klockan. Jag placerade de två olika bilderna av Sofia i min väska. "Jag reser till Somero för att prata med sommarstugans granne och dessutom åker jag till Pojo för att diskutera med systrarna Åkerstrand. I Somero skall jag också söka upp den närliggande bensinstationen och visa dem fotografiet av Sofia med både blont och svart hår, ifall de skulle känna igen henne."

"Och jag diskuterar med busschaufförerna", sade Stefan.

"När jag åker till Pojo, besöker jag en IT-specialist på samma gång. Han var till stor hjälp i våras när vi undersökte knarkfallet. Jag tror att han borde ta sig en titt på Sofias Interrail-fotografier."

"Bra", sade Stefan. "Vi har rätt lite att gå efter, så vi får bara hoppas på god tur om vi skall hitta något nytt."

Jag nickade och steg upp. Min mage hade börjat kurra, och mamma hade lovat laga lunch även idag. Det kändes som om jag spatserade från problem till problem. Hur man än vände det, kändes det som om jag borde engagera mig i pappas problem mycket mera än vad jag gjorde för tillfället.

*

Mamma stod i hallonbuskarna när jag kom till mina föräldrars hus. Den varma sommaren lovade en god hallonsäsong, men nu fanns risken att bären torkade bort under den brännande solen. Därför ville mamma plocka dem även om de inte var helt mogna ännu. Hallonsnåren på vår gård stod på en solig plats och hon svettades bland getingar, som intresserade sig för den söta lukten. Hon hade placerat pappa på en skuggig plats vid husets terrass. Där satt han under hennes vakande öga även om hon koncentrerade sig på hallonen.

Jag satte mig bredvid pappa och följde hans blick. Den såg ut att flacka någonstans i trädgården framför honom, men den var ändå avlägsen. Såg han gräsmattan som han stolt brukade klippa så fort gräslängden översteg 10 millimeter? Såg han skjulet som han hade byggt av bräden från sin kusins sågverk? Såg han salladsbladen, som han skulle få äta inom de närmaste dagarna? Såg han mamma i hallonsnåren? Såg han mig?

Mamma blängde lite åt mitt håll. Jag torkade pappas mungipor och följde rännilen av saliv, som hade runnit över hans haklapp. Jag försökte titta i hans ögon och de blinkade till. Var det av överraskning eller besvikelse? Kände han igen mig? Något mummel lämnade hans läppar och det hördes likadant som det alltid gjorde. Brukade mamma höra konkreta ord uttalas bland mumlet?

"Vill du dö, pappa?"

De fruktansvärda orden hade slunkit ur mig utan att jag hade velat säga dem. Min viskning hördes omöjligen ända till mamma, men om pappa fortfarande hade hörseln i behåll, hade han nog hört den. Jag försökte se om hans blick ändrades, men jag kunde inte tolka något märkbart. Hade jag hoppats på att en blick fylld av tacksamhet skulle bekräfta att mamma var inne på rätt spår? Pappas pupiller darrade lite från sida till sida som om han försökte koncentrera sig på något, men han var ohjälpligt långt från det han ville uppnå.

Frustrerat vände jag mig mot mamma igen. Pappas mummel stegrade sig som om han ville få mig att fästa uppmärksamheten på honom igen.

"Vad är det du vill, pappa?"

Min röst var lite högre denna gång, och mammas huvud steg upp från de höga kvistarna. Försökte pappa säga något? Med blicken? Med läpparna? Med fingrarna? Med något? Jag kunde inte se eller höra någonting utöver det vanliga.

"Jag vet vad han vill."

Mammas ord skrämde mig, men hon såg lika självsäker ut som för två dagar sedan. När jag hade återvänt från Lappkulla på måndag kväll, hade jag varit orolig. När jag hade återvänt från Hangö på tisdag kväll, hade jag varit orolig för vad som skulle vänta mig. När jag hade återvänt från polisstationen för några minuter sedan, hade jag varit orolig om det hade hänt redan. Men allt var som förut. Mamma hade inte gjort någonting, även om hon tycktes veta vad pappa ville.

Var jag verkligen orolig för vad som väntade? Hoppades jag egentligen på att pappas tillstånd vore helt annorlunda än det som jag nu såg framför mig? Oberoende av om det tillståndet kunde vara att han inte fanns alls längre? Hade pappa det verkligen bättre om han vore död än om han fortsatte "leva" som han gjorde nu? Vem skulle i så fall se till hans bästa och det han ville? Vem hade sett till Attes bästa och det han ville? Hade Sofia egentligen gjort samma sak som mamma tänkte göra? Något som jag inte kunde förmå mig själv att göra? Något som gjorde att de modiga hyllades som hjältar och de fega försvann från världshistorien?

Jag tittade frågande på mamma på samma sätt som jag hade tittat pappa i ögonen. Jag hittade inget svar i mammas blick heller. Hon tittade bara på samma sätt som tidigare. Som om hon bar på en hemlighet som inte skulle bli avslöjad under detta människoliv.

När skulle det ske? Ville jag verkligen veta? Skulle jag försöka förhindra det om jag visste tidpunkten i förväg? Skulle jag vara en medhjälpare om jag lät bli att förhindra det? Skulle någon sätta polisen och privatdetektiver efter oss, om pappa plötsligt dog? Skulle mitt nästa uppdrag bli att sopa igen spåren efter ett mord istället för att försöka lösa det? Skulle jag bli tvungen att använda en privatdetektivs insatser för att skydda mamma?

Det kändes inte rättvist. Det var en omöjlig tanke att man tvingades till sådana ställningstaganden som mamma och jag fick bära på. Men innerst inne visste jag att mamma hade rätt. Hon hade gjort rätt i att dela sin börda med mig. Den bördan var för tung att bära ensam. Även om jag inte skulle göra något mera, och hon skulle få bära den tyngsta bördan, kände jag mig stolt över att hon hade känt det möjligt att berätta om framtiden för mig.

"Vi går in", sade mamma. "Jag skall koka upp nypotatisen. Vi har sill med lök- och äggsås till dem."

Sommarmaten lät härlig. Och tydligen skulle det bli hallon till efterrätt. Maten skulle pressas till en sorts gröt åt pappa, men kanske han kände igen sommarsmakerna trots allt. Kanske de stimulerade hans minnen. En fruktansvärd tanke genomsyrade mig plötsligt. Tänk om pappa faktiskt fortfarande kände njutningar? Betydde det att han kanske ångrade ord som han tidigare hade uttalat? Kanske han inte längre hade samma åsikter om människor i grönsakstillstånd och dödshjälp?

Vad hade Atte Strömstam tänkt när hans andning ströps? Hade han varit full av tacksamhet eller hade han känt en fasa inför faktumet att han inte kunde andas? Hade han sett ett befriande ljus eller ett skrämmande mörker? Hade hans yttersta vilja blivit uppfylld?

KAPITEL 7

Torsdag

Fem dagar till arvets utbetalning

Gitta mötte mig vid Salo torg. Vi var omgivna av torgstånd, som sålde sommarblommor, grönsaker, importerade frukter, rökt fisk, korvuppskärningar och jordgubbar. Vi köpte glass åt ungarna och gick långsamt över bron mot Salos nya centrum. Ån under oss var brungrön och jag undrade för mig själv om det fanns giftiga alger i den. Nyheterna var fulla av orosrapporter om hur den varma sommaren hade fått de blågröna algerna att blomstra.

Min svåger jobbade som privatföretagare i en elektronikaffär och han hade valt att inte vara ledig under denna sommar heller. Ibland kändes det faktiskt som om min arbetslöshet var en välsignelse. Mina syskonbarn var dock lyckligt ovetande om både arbete, arbetslöshet och andra vuxna bekymmer. Deras största problem var hur de skulle övertala sina föräldrar att de ville äta glass, simma och åka till Muminlandet. Den yngsta, Yrsa, satt fortfarande i barnvagn, men den två år äldre Yngve gick redan raskt bredvid oss. När jag hade sett Yngve senast hade även han suttit i barnvagn.

Rollen som hemmamamma prydde min syster Gitta. Allt hon sade, såg och gjorde hade något att göra med barnen. Allt de gjorde var duktigt och allt de såg måste kommenteras. När Yngve pruttade fick han beröm och när Yrsa tappade sin glass i gatan fick hon en ny.

När Gitta och jag ville äta lunch, bestämde vi oss för att barnen skulle äta hemma senare medan de vuxna åt i restaurangen. Därför hade de fått sin muta och belöning på förhand, glassen. När vi väntade på en varsin plankstek med pariserpotatis, förstod vi att vår plan från första början hade varit dömd att misslyckas. Barnen hade inte tålamod att vänta utan något att göra. De tjatade stup i kvarten att vi borde gå iväg. Gitta var olycklig över att vi hade valt just den amerikanskinspirerade restaurang, som inte hade ett bollhav åt barnen.

Det var uppenbart att jag inte skulle ta upp mammas uttalande om pappas framtid. Gitta skulle inte förstå vidden av det, för någondera av barnen skulle säkert avbryta oss. Var det överhuvudtaget rätt att en mamma som Gitta skulle bli tvungen att befatta sig med aktiv dödshjälp? Hennes vardag var säkert fylld av tusen andra utmaningar. Så jag beslöt mig för att avstå från min tanke att försöka samla stöd från Gitta.

"Jag är så glad att mamma bestämde sig för att sköta om pappa", sade Gitta medan hon tillrättavisade Yngve, som petade på ett gammalt tuggummi på golvet.

"Jasså", sade jag och blev orolig över att vi skulle hamna in på ämnet trots allt.

"Hemmamammor kan nog sköta om sina käraste bättre än en anstalt."

"Men det är nog jobbigt för mamma att sköta om pappa", sade jag.

"Naturligtvis. Det är jobbigt att sköta om småbarn också Vi kommer nog ändå att få flera barn ännu."

"Men kanske du kan sköta om pappa emellanåt, i väntan på nästa barn? Så får mamma lite ledigt emellanåt?"

"Är du galen? Barnen kan väl inte se pappa i hans tillstånd."

"Jag tänkte bara."

"Du kan väl sköta om honom emellanåt? Du har ju tid när du är..."

"Arbetslös."

"Ja, precis. Nej, Yngve, man får inte visa fula miner åt människor. Var var vi? Jo, arbete. Du har visst arbete nuförtiden. Privatdetektiv, vad intressant! Nej, Yngve! Nej!"

"Jo, jag är faktiskt på väg norrut ännu, till Somero, för att undersöka en sak."

"Ja, det är rätt nära oss här i Salo. Det finns en gård med husdjur där, som barn får besöka. Men när vi åker någonstans från Salo är det oftast till Åbo. Barnen blev alldeles förtjusta i Åbo slott. Och i Klosterbacken!"

När våra magar var överfyllda med plankstek, kände jag mig trött. Och det berodde inte på den tunga maten i sommarhettan. Barnen sprang omkring oss och krävde uppmärksamhet och jag hade ingen aning om hur Gitta orkade. Det var bombsäkert att jag inte skulle belasta henne med några bekymmer från våra föräldrars hem i Ekenäs. Jag hade gärna friskat upp några barndomsminnen från Fiskars tillsammans med henne, men vi var omgivna av nya barn med nya minnen. En halvtimme senare körde jag vidare mot Somero utan att ha hunnit besöka Gitta i hennes hem i Salo. Innan vi skilde oss hann hon ännu påpeka att det såg konstigt ut att jag satt bakom ratten på pappas bil.

*

Jag körde genom ett fantastiskt jordbrukslandskap. Somero var Finlands kornbod och det syntes. Sädesfält syntes så långt man kunde se över det platta landskapet. Vetet hade redan färgats gyllenbrunt och skulle snart skördas, medan korn och råg var lite ljusare bruna. Eftersom havren var ännu grön, bredde en mångfald av färger runtom mig. Svalor kretsade över de svajande sädesstråna i jakt på välgödda insekter. Det kändes konstigt att det någonstans bland dessa ofantliga åkrar fanns en så djup skog att man kunde isolera sig där under en hel månad utan att någon märkte något.

Vid Häntälä vek jag av vägen och befann mig bland branta sluttningar, som vette ned i djupa diken. På sluttningarna betade får och nyfödda lamm på färskt gräs och örter. Jag såg blåklockor, röllekor och rödklöver. Det kändes som om jag hade hamnat mitt i inspelningen av en gammal, finsk film i traditionellt jordbrukslandskap. Bilradion spelade en schlagersång om den oundvikliga höstens vemod.

Vidden av åkrarna började snabbt minska och skogsbrynen befann sig allt närmare vägen ju närmare jag kom nya vägskyltar såsom Koski TL, Jokioinen och Marttila. En snabb titt på navigatorn bekräftade att jag fortfarande var på rätt väg. Samtidigt förundrade jag mig över vad sköterskan Klaras syster hade gjort så här långt från sitt egentliga mål, Somerniemis legendariska sommartorg. Det befann sig på andra sidan av Somero.

Jag hittade bensinstationen, som Stefan hade pratat om, och tittade in. Jag visade både ägaren och assistenten bilderna av de två olika Sofia-versionerna, men ingendera kände igen henne. När jag tittade omkring mig, förstod jag att det skulle vara uppseendeväckande om en kund kom fram med en önskan om att få ladda sin mobiltelefon. Det lilla utrymmet var fyllt med oljor, verktyg och redskap. Stationen såg ut att vara en sällsynthet: en plats för underhåll av bilar snarare än underhåll av chaufförer. Jag fortsatte min färd och det var endast några kilometer kvar till mitt mål, Strömstams stuga.

Navigatorn meddelade att jag förväntades svänga av mot en mindre väg efter 100 meter. Strax efter det kom det sista avtaget, och därefter skulle det vara en kilometers körning längs en liten skogsväg innan jag var framme vid Strömstams sommarstuga. Det sista avtaget dominerades av ett litet, rött egnahemshus, och jag förstod att Strömstams närmaste granne bodde där. En äldre kvinna petade i trädgården och hon lyfte nyfiket sitt huvud när jag körde förbi. Det kändes naturligt att stanna för en pratstund. En hund började omedelbart skälla när jag öppnade bildörren. Efter presentationer och hälsningar var hon villig att berätta allt det, som hon redan hade berättat för polisen. Hunden lugnade sig snabbt.

"Lade Ni märke till att någon skulle ha besökt stugan senaste maj?" frågade jag på finska, eftersom man inte talade svenska i dessa trakter.

"Nej, inte i maj när Atte Strömstam dog", svarade Laila Kanerva, som hon hade presenterat sig som. "Men nog i april, under påsktiden. Då kom frun med en fullastad bil fastän hon sade sig vistas där bara under dagen utan att övernatta. Följande gång var någongång efter mitten av maj, när hon körde snabbt förbi, och även då återvände hon samma dag. När hon körde iväg var bilen fullastad igen."

Det stämde in på min teori. Innan Interrail-resan skulle hon ha varit tvungen att köra till stugan med proviant för en månad och efter Attes död skulle hon vara tvungen att köra iväg med allt skräp från en månads vistelse. Speciellt eftersom hennes bil förväntades vara parkerad på Lappkulla under hela den tid, som hon sade sig vara på Interrail.

"Under vintrarna ser man dem inte", fortsatte Laila. "De har inte ens beställt plogning till sin väg."

"Brukar Ni gå längs vägen mot Strömstams stuga?" frågade jag.

"Väldigt sällan", svarade Laila. "Det känns mera naturligt att gå i skogen åt andra hållet. Men speciellt under hösten försöker vi nog finkamma hela skogen efter svamp och bär. Det finns väldigt lite Karl Johan-svamp i den här trakten, men rikligt med kantareller och lingon."

"Märkte Ni något speciellt vid stugan i maj?"

"Nej. Ingen hade använt skogsvägen, men trots det vill jag inte gå särskilt nära andra människors tomter. Det känns inte rätt."

"Hur vet Ni att vägen inte hade blivit använd?"

"På våren är vägen så lerig att det genast blir hjulspår där. Ingen hade använt vägen under den tiden."

"Men om någon hade gått till stugan istället för att åka med bil?"

"Min hund väcker omedelbart min uppmärksamhet då den ser eller hör en människa komma gående eller cyklande. Jag skulle nog ha märkt det."

Jag tittade på Laila Kanervas hund som om även den var Sofia Strömstams brottskumpan. Hade Sofia haft möjlighet att träna även den här hunden att föra oss alla bakom ljuset? Mina tankar gick till stackars Titti, som hade lurats att välta en kruka på sin husse.

"Om man ville nå stugan utan att använda vägen, hur skulle man göra då?" frågade jag.

"Poliserna frågade även det", svarade Laila Kanerva. "Man skulle bli tvungen att promenera längs svårtillgängliga skogsstigar från skogens andra sida. Det är möjligt, men jag känner inte till att någon skulle göra så. Men det blir lättare nästa år, då skogsägaren har för avsikt att gallra sitt skogsbestånd."

"Kommer Ni bra överens med Strömstams?"

"Utmärkt bra", utbrast Laila ärligt. "Jag är inte särskilt social av mig, och Strömstams visar sig rätt sällan. Min hund är ett bra sällskap för mig. Det finns inga trubbel mellan oss, och det är så det skall vara. Jag ser bara skymten av deras bil när de kör förbi. En enda gång har vi diskuterat och det var när kommunen kom med ett byråkratiskt krav om att vi skulle sköta avloppsvatten på ett regelmässigt sätt. Den gången kom vi överens om att vi gemensamt skulle försöka tolka kraven till vår fördel utan att behöva göra massiva investeringar."

"Lyckades det?"

"Jo, Atte Strömstam hade förmågan att använda rätta kanaler i byråkratin."

"Tur för Er", sade jag och började gå tillbaka mot bilen. Jag tackade Laila Kanerva för hennes uppgifter och började köra längs Strömstams lite använda skogsväg till deras stuga. När gräset smetade mot bilens underrede undrade jag om Sofias lilla bil överhuvudtaget klarade av att köra längs denna väg.

Efter några minuters körande genom en mörk granskog befann jag mig på en överraskande gård. En stor öppning hade huggits fram i den mörka skogen och öppningen underströks av en liten skogsdamm. Det såg ut som ett hål i skogen. Mitt i öppningen stod en stor brunmålad stockstuga med en veranda mot dammen. Vid den lilla skogstjärnen stod en rucklig brygga och en liten byggnad som jag antog att var gårdens bastu. Mellan stugan och bastun växte en oskött gräsmatta och det var uppenbart att Strömstams tillbringade ytterst lite tid på sin stuga.

Bakom bastun ringlade en liten skogsstig längs dammen djupare in i skogen. Jag antog att Sofia hade använt sig av den stigen för att komma obemärkt till stugan, när hon förväntades vara på Interrail. Från stugan hade hon i maj begett sig på en dödlig utfärd till Lappkulla för att slutföra sitt åtta månader långa utdragna mord på sin make.

Skulle jag hitta något spår eller bevis på att Sofia hade tillbringat en månad på stugan i maj? Jag tvivlade på det, eftersom polisen redan hade sökt genom hela stugan och gården. Och Sofia hade varit noggrann med att spåra undan alla spår av en vistelse där.

Levi hade berättat att Atte ägde stugan redan när han köpte Lappkulla. Efter att Strömstams hade köpt tillbaka sin herrgård vid havet, fanns inget större behov av en sommarstuga i inlandet längre. Atte hade dock inte förmått sig att sälja sommarstället, men det rådde inget tvivel om att arvingarna skulle sälja stugan så fort det var möjligt. Ingen använde stugan aktivt längre.

Jag knäböjde mig vid bryggan och kupade handen under skogstjärnens yta. Vattnet var varmt och jag kände mig frestad att hoppa i för att svalka mig. Jag smakade på vattnet och konstaterade att det var drickbart. Sofia hade inte varit tvungen att ordna dricksvatten åt sig under sin vistelse. En stenbeläggning framför dammen samt mellan stugan och bastun gjorde att man inte behövde gå på gräset. Det var synd, för om gräset hade varit böjt i maj, skulle Stefan ha märkt att någon hade vistats där.

Nyckeln till stugan fanns där som Levi hade sagt att den skulle finnas. Väl inne i stugan förundrade jag mig över hur unket den luktade. Det måste ha känts som en fängelsevistelse för Sofia att tillbringa en månad där. I kokvrån var en värmeplatta kopplad till en gasflaska. Jag lyfte på flaskan och konstaterade att den var tung, alltså full med gas. Betydde det att Sofia hade använt den förra flaskan tom och sedan bytt den till en ny genast efter vistelsen i maj?

Sovalkoven fylldes av en dubbelsäng med en madrass och på den vilade en hoprullad sovsäck. Hade Sofia legat i den under en hel månad? Skulle jag känna lukten av en kvinna om jag vecklade upp sovsäcken? Jag beslöt mig för att låta bli. Det skulle inte bevisa någonting.

I utrymmet, där man brukade vistas, fanns inte särskilt många möbler. Ett matbord, stolar och en soffa. Eftersom stugan inte hade elektricitet, fanns ingen television. En batteridriven radio hade använts tom, eftersom inget hände när jag kopplade på den. Framför den öppna spisen stod en korg med tidningar och torr ved. Jag bläddrade snabbt genom tidningarna och konstaterade att ingen av dem var nyare än två år gamla.

Torrförrådets innehåll intresserade mig stort. Jag ville titta på alla varors sista försäljningsdag, ifall något datum skulle skvallra om en vistelse för några månader sedan. Jag hittade ingenting, även om förrådet innehöll förpackningar med socker, kaffe, te, mjöl, torrmjölk, havregryn, makaroner och olika kryddor. Köksskåpet innehöll inget annat än typiska attiraljer såsom kastruller, stekpannor, bestick, glas och tallrikar. När jag öppnade kastrullens lock, kände min näsa för en kort stund en bekant lukt. Jag kunde inte lägga fingret på vad det hade varit, men jag kombinerade det med min barndom, mormor och Fiskars. Lukten späddes ut med stugans luft och försvann lika snabbt som den hade dykt upp. Tydligen hade kastrullen varit dåligt diskad, även om inga synliga matrester fanns kvar i den.

Med en besegrad suck gick jag ut ur stugan. Verandan innehöll inget av intresse heller. Motvilligt gick jag bakom huset för att leta efter utedasset. Det låg en bit ifrån stugan och jag tittade in. En rulle med fuktigt wc-papper väntade bredvid hålet i bänken. Försiktigt tittade jag ned i hålet, som om jag var rädd för att en hand plötsligt skulle dyka upp och dra mig ned. Tunnan var inte tom. Hade jag förväntat mig det? Vad skulle jag dra för slutsatser om den var tom eller om den var full? Jag upptäckte dock att det var ett torrdass, vilket betydde att Sofia hade varit tvungen att kissa vid någon buske i närheten. Det var kanske inte helt motbjudande i maj. Jag förstod att Sofias alibi och Interrail inte hade fungerat under vintertid, för det hade krävt avancerade överlevnadskonster.

När jag gick från dasset tillbaka mot stugan, ryckte jag plötsligt till. Något hade bränt min högra hand. När jag såg växterna vid sidan av stigen, slog det mig med en gång.

Lukten jag hade känt vid kastrullen, påminde mig om mormors penningsnåla spenatsoppa. I min ungdom brukade hon blanda smältost i en brygd som hon brukade göra, inte på spenat, utan på nässlor! Brännässlorna hade bränt mig vid stigen men samtidigt hade de påmint mig om vad som hade tillagats i Strömstams kastrull. Jag tittade omkring mig och märkte att brännässlornas skaft hade bristfälligt utvecklade blad. De hade grenat sig och startat nya skott där de hade klippts tidigare under samma säsong. Det var uppenbart att någon hade använt sig av nässlornas blad just när de hade skjutit upp från marken. Det var i maj!

Var det Sofias misstag? Hade hon missat att hon lämnat efter sig ett spår av att hon hade ätit nässelsoppa i stugan under sin vistelse där? Jag lugnade mig. Det bevisade ingenting. Hon hade helt öppet gjort en resa till stugan efter sin Interrail och efter Attes död. Hon kunde säga att hon hade ätit nässelsoppa där och då. Men kanske jag vid behov kunde provocera henne med min upptäckt?

Jag kände mig upprymd när jag gick mot stugan igen. Kanske Levi hade rätt och kanske Sofia verkligen var skyldig till mordet på Atte. Kanske arvet skulle gå till Levi och kanske jag skulle få min andel. Kanske Sofia hade gjort något misstag som skulle leda till hennes fall. Min upptäckt bland nässlorna sporrade mig att leta efter mera tecken på Sofias skuld. Det måste finnas ett bevis någonstans som bara väntade på att bli uppdagat.

Plötsligt lade jag märke till hur tyst allting var. I staden var jag van vid att något ljud alltid hördes någonstans men här vid skogstjärnen var det nästan skrämmande tyst. Någonstans långt borta hördes en hunds sorgliga ylande och jag undrade om Laila Kanervas hund tänkte svara på kallet. Någonstans hogt ovanför mig fick en svag vindby björktopparnas löv att rossla. Jag undrade hur länge jag skulle stå ut med tystnaden utan att klättra längs stugans väggar. Hade Sofia lyckats med det under en hel månad?

En halvtimme senare hade jag letat både i stugan och i bastun utan att hitta något. Det kändes inte som ett nederlag att gå tillbaka till bilen för att lämna Strömstams stuga. Det skulle bli nya dagar, även om arvets utbetalning närmade sig snabbt.

När jag gick mot bilen, funderade jag på ett scenario, om någon utomstående verkligen skulle ha kommit till stugan, när Sofia befann sig där. Vad skulle hon ha gjort? Dödat inkräktaren och det farliga vittnet? Nej, antagligen skulle hon ha sagt sig vara någon annan, som hade fått låna stugan av Strömstams. Kanske en släkting till Sofia? Men om inkräktaren mot förmodan skulle ha varit grannen, som kände Sofia sedan tidigare? Svaret slog mig igen. Under sin månad på stugan hade Sofia naturligtvis använt sig av peruken. Det skulle förklara varför hon liknade Sofia, ifall hon blev överraskad på stugan av till exempel Laila Kanerva. Men det hade inte skett, för Laila hade inte stött på Sofia under hela vistelsen i maj.

Min sista blick mot öppningen i skogen var fylld av misstro. Det måste ha varit en långtråkig, pinsam månad för Sofia att ligga lågt i stugan. Men det hade varit priset för ett perfekt alibi. Plötsligt slogs jag av en skrämmande tanke. Kanske hon överhuvudtaget inte hade bott på stugan? Kanske hon hade vistats på ett helt annat ställe, något som vi inte hade tänkt på? Kanske hon hade haft ett annat övernattningsställe hos någon som därmed hade blivit hennes medhjälpare? En älskare? Jag slog snabbt bort tanken. Denna region var så avsides från Hangö udd att det inte kunde vara en slump att hon hade blivit sedd i samma trakter som Strömstams hade en stuga.

En stund senare hade jag lämnat Strömstams stuga samt Laila Kanervas vägskäl och jag körde genom skogsbrynet. De djupa granskogarna kantades av björkar och jag såg att något konstigt närmade sig bilen bakifrån. Vägen ledde mig genom samma gyllenbruna, öppna åkrar som tidigare, men den här gången var allt kusligt. Något mörkt närmade sig och det berodde inte på att kvällen började falla på. Jag tryckte på gasen som för att köra undan det mörka, som såg ut som ett moln.

När molnet kom över mig, upptäckte jag plötsligt att jag befann mig under ett snöfall. Jag tvärbromsade. En snöstorm! I augusti! Mitt på en åker i Somero! Jag kollade att fönstren var stängda och att ingen bil närmade sig varken bakifrån eller framifrån. Misstroget tittade jag på vindrutan. Små partiklar träffade glaset och rutschade ner mot motorhuven.

Det var björkfrön. Tusentals björkfrön från skogsdungen. Vinden blåste dem mot åkern och vägen som ett moln. Dagen såg lite ljusare ut igen, när molnet försvann mot åkern. Det virvlade över de svajande sädesstråna som en insektssvärm och svalorna såg ut att jaga fenomenet. Fröna samlades på asfalten som ett lager av nyfallen snö.

Jag samlade mitt mod igen och startade bilmotorn. Ingen hade märkt min skrämda reaktion. Ingen annan än jag själv. Det kändes som om något överhängande kusligt hade laddats över mina axlar. Som om något otrevligt höll på att närma sig. Skulle det obehagliga drabba mig på samma sätt som mitt föregående fall hade gjort? Skulle jag åter börja vältra mig i självömkan över min arbetslöshet på samma sätt som jag hade gjort ännu några månader tidigare? Skulle jag bli besviken på allt och alla igen? Eller närmade sig något annat obehagligt – något som jag inte kunde förutse?

Jag kramade bilratten så att knogarna blev vita. Med det lyckades jag avleda den brännande känslan på min hand. Som liten hade jag bränt mig på nässlor många gånger, men ännu hade jag tydligen inte lärt mig att undvika dem.

KAPITEL 8

Fredag

Fyra dagar till arvets utbetalning

Så var jag åter på väg till Fiskars. Bruket, där jag hade tillbringat mina första 20 år. Orten, dit jag för några månader sedan hade återvänt för första gången på över 20 år. Där jag hade rett ut ett fall kring en flicka som hade hittats död i Fiskars å. Det fallet var avslutat, men även mitt nya uppdrag skulle gynnas av ett besök i bruket.

Under min barndom hade jag haft två kompisar, som jag överraskande nog hade träffat igen förra våren. I samband med det hade jag besökt min vän Hubertus von Dunderholms hem Lillböle gård i Fiskars, men den här gången skulle jag dock inte besöka Lillböle. Istället hade jag stämt träff med Antero Grönström, en IT-expert, som jag också hade träffat under vårens undersökningar. Han skulle kanske hjälpa mig med Sofia Strömstams resefotografier.

När man närmar sig Fiskars från Ekenäs, åker man via Karis, Billnäs, Åminnefors och Pojo. Redan i Billnäs bruk förstår man att man befinner sig i en gammal bygd. Byggnaderna är gamla och lövträden är hundraåriga praktfulla individer. Redan i Billnäs började gamla barndomsminnen svämma över mig, där jag körde mot mitt mål.

När jag var liten, hade både mamma och pappa arbetat på fabriker i Fiskars. De var stolta arbetare och de hade båda blivit tvungna att lämna sina arbeten, när fabrikerna slutade en efter en under ett kort tidslopp. Vid det laget hade jag redan flyttat till Åbo för att studera, så det hade varit lätt för mina föräldrar att flytta på tumanhand till Ekenäs mot nya utmaningar och nya jobb. Jag mindes fester som fabriken hade ordnat för arbetarnas familjer och jag mindes den sammanhållning som hade blivit bruten med ledningens simpla beslut att utlokalisera fabrikernas funktioner. Under nedgångstiden hade Fiskars blivit en ödslig by, vars tjänster hade försvunnit en efter en.

Under de år som jag hade varit borta från Fiskars, hade bruket dock lyckats utveckla en tjänst som hade haft en stigande betydelse redan tidigare. Turismen hade vuxit och stödjade bruket i sin utveckling. Man hörde många olika språk talas över hela bruket, när resenärerna kom dit på dagsbesök från främst huvudstadsregionen. När jag hade besökt Fiskars våren innan, hade jag kunnat ana vilket myller det skulle bli senare under högsäsongen. Det skulle bli intressant att se det med egna ögon nu i augusti när säsongen var som livligast.

Men innan dess skulle jag besöka systrarna Klara och Selma Åkerstrand i Pojo kyrkby.

Pojo hade varit det administrativa centrumet för de västnyländska bruken tills Pojo kommun hade fogats ihop tillsammans med Ekenäs, Tenala och Karis till Raseborgs stad. Efter att staden bildades, hade Pojos betydelse sakta men säkert minskat. Byns centrum var fylld med fallfärdiga, moderna byggnader, och endast den ståtliga gråstenskyrkan påminde längre om byns forna prakt. Ett av höghusen, som var i desperat behov av fasadmålning, befann sig vid foten av Kasberget. Det var där som systrarna Åkerstrand bodde.

Dörren öppnades och två nästan identiska äldre damer tittade nyfikna på sin besökare. Båda hade gråsprängt hår i exakt samma frisyr, men den ena bar på en grön sommarblus med brun kjol, medan den andra bar på en blå sommarblus med brun kjol. Det var dock uppenbart att de inte var tvillingar. Den äldre räckte handen åt mig, och sade sig vara Selma Åkerstrand.

"Klara Åkerstrand", sade den andra, och det var alltså hon, den yngre, som hade skött Atte Strömstam.

"Jonas Österfelt", sade jag och Selma började genast berätta allt hon visste om mina föräldrar, deras arbete i Fiskars och deras flyttning till Ekenäs.

"Jag skötte deras tänder innan jag blev pensionerad", sade Selma. "Därför vet jag så mycket om gamla Pojo-bor."

Jag beslöt mig för att lägga den informationen bakom örat. Kanske jag skulle behöva information av Selma i framtiden. Det var inget tvivel om att hon hade en nyckelposition i ett samhälle, där någon alltid känner någon. Det var uppenbart att jag skulle ha behövt Selmas kunskaper redan förra våren, när mitt första privatdetektivuppdrag hade lockat mig till trakten.

"Och när Selma beslöt sig för att specialisera sig på enbart tänder, så blev jag sjuksköterska för hela kroppen", sade Klara. "Jag har dock inte pensionerat mig ännu, och tar fortfarande emot sköterskeuppdrag."

"Du har visst rum för nya patienter nu då Atte Strömstam dog", sade jag för att leda in ämnet på mitt ärende.

"Ja, tänk, under åtta månader vårdade jag Atte. Och så dog han i maj, varmed jag fick hela sommaren ledigt. Men jag skall nog ta en ny patient så fort den värsta värmen är över."

"Du har skött privata patienter i deras hem under den senaste tiden?"

"Ja, förutsatt att de bor någonstans i Västnyland. Jag orkar inte med särskilt långa arbetsresor även om jag har en egen bil. Eller en bil som vi använder båda två, Selma och jag."

"Det var med den bilen som du körde till Somero i maj när du såg Sofia", sade jag vänd mot Selma.

"Ja, det var en förfärlig resa, för jag blev helt vilse på väg från Somerniemi torg och trodde att jag aldrig skulle hitta hem igen", sade den äldre systern. "Och så, mitt ute i ingenstans ser jag Sofia Strömstam jogga längs vägrenen. Jag trodde inte mina ögon och när jag en bit senare stannade för att köra tillbaka, hade hon redan försvunnit in i skogen. Och till råga på allt visade det sig att sommartorget inte ens hade öppnat ännu, utan att det skulle ske först i slutet av maj."

"Det är inget tvivel om att det var Sofia?" frågade jag försiktigt.

"Jag är gammal men det är inget fel på synen. I så fall skulle jag ju inte få behålla körkortet. Jag kände igen henne omedelbart, för vi hade ju varit bjudna till Lappkulla på mat när det blev klart att de hade valt Klara till Attes sköterska."

"Och när du var väl hemma, och berättade om ditt Somero-äventyr för Klara, fick du höra att det inte kunde ha varit Sofia, för hon var på resa ute i Europa?"

"Just det. Vi kan inte förklara det. Men vi tänkte inte ens på att besöka deras sommarstuga fastän den är nära platsen jag såg henne."

"Varför inte?" frågade jag.

"Jag ringde henne", sade Klara. "Hon sa att hon var i Prag och att det är slöseri med tid att åka till stugan bara för att en dubbelgångare kan ha rört sig där. Så vi bestämde oss för att inte tänka närmare på saken. Men ung herrn Levi var väldigt nyfiken över saken, när Atte dog."

"Men säg nu, herr Österfelt, har jag förstått rätt att du är privatdetektiv och att du reder ut Attes död?" frågade Selma med tindrande ögon. "Betyder alla dessa frågor att Sofia är misstänkt för något?"

"Tja, jag kan bara säga att det är Levi Strömstam som har anlitat mig."

"Jag visste det", sade Klara. "Det slog mig genast när poliserna började fråga alla dessa frågor. Det var något som inte stod rätt till, även om polisen inte berättade någonting. Men nog märkte man ju hela tiden att det inte står rätt till mellan Sofia och Levi. De rentav hatar varandra."

"Och nu far Sofia iväg med arvet", viskade Selma dramatiskt. "Det måste reta pojken enormt."

"Berätta något som visar på hur dåligt förhållandet var mellan Levi och Sofia", bad jag Klara.

"Ja, de var sällan i samma utrymme och de besökte alltid Atte skilt för sig. Levi ville inte tillbringa tid på Lappkulla mera än vad som var nödvändigt. Jag har förstått att det blev riktigt tokigt efter att Atte dog, för Levi var tvungen att flytta in på Lappkulla. Men det vet jag inget om, för mina tjänster har ju inte behövts längre efter maj, efter Attes död."

"Vad vet du egentligen om Attes död?" frågade jag. "Han hade visst somnat in medan du åkte för en stund till snabbköpet."

"Precis. Idealiskt vore ju att totalförlamade patienter har två skötare, som turas om, men formellt är det inte nödvändigt. Så patienten blir emellanåt lämnad ensam. Vi hade ordnat så att jag skötte Atte om dagarna och Sofia om kvällarna och nätterna. När Sofia var bortrest var det Levi som skötte om Atte utanför min arbetstid. Under maj fick jag en jättebonus förutsatt att jag bodde på Lappkulla, när Sofia var bortrest. Den dagen var Levi i Helsingfors på någon studietent och skulle komma hem först till kvällen. Så jag åkte till snabbköpet och när jag kom tillbaka, hade Atte dött."

"Tror du att han dog en naturlig död?"

"Konstigt. Polisen frågade samma, men jag kan inte ta ställning till det. Jag har sett många totalförlamade patienter dö fridfullt i sömnen."

"Nå, den andra konstiga frågan som polisen frågade", sade Selma vänd mot mig. "Skall inte Österfelt fråga den också?"

"Ja, hade du under de sista dagarna i något skede märkt om det var något var fel på respiratorn?" frågade jag, väl medveten om vilken fråga systrarna syftade på.

"Nja, det var sorgligt", sade Klara. "Jag fick höra av polisen att de hade upptäckt funktionsstörningar i apparaten. Jag har ingen aning om varför den skulle ha varit i olag."

"Om respiratorn hade fungerat bristfälligt medan du var på plats, skulle du ha märkt det?" frågade jag.

"Jag vet faktiskt inte", erkände Klara. "Man går ju inte och känner på förlamade patienters kroppsdelar stup i kvarten. Man ser till att patienten inte får liggsår och sådant. Men du har helt rätt, en viktig uppgift är att kolla andningen och apparaturen, men..."

Sköterskan såg ärligt olycklig ut. Hon bar på ett sköterskeansvar, och hon kunde inte peka ut någon annan skyldig än henne själv. Ändå var hon övertygad om att hon inte bar på någon skuld. Trots det kunde hon inte vara 100 % säker på att ett misstag inte hade skett, varmed hennes yrkesstolthet var i fara.

"Det är därför polisen tror att det är ett mord", utbrast Selma. "Någon knäppte av apparaten och sedan på igen när Atte väl hade slutat andas."

"Selma, var inte så burdus", fräste Klara.

"Vad tycker du om Levi?" frågade jag.

"Han är en trevlig pojke. Men jag tycker nog att han beter sig lite skamligt mot Sofia. Det är klart att han är sur över att Sofia får arvet, men vad kan man göra? Det går rätt till enligt lagen."

"Sofia då? Vad tycker du om henne?"

"Hon är en trevlig flicka. Jag har aldrig sett henne le eller skratta, men inte gråta eller suras heller. Vi hade ett riktigt bra professionellt förhållande, även om hon gärna höll distansen."

"Hon tappade inte fattningen när Atte dog?"

"Nej. Och jag var faktiskt på plats när Sofia kom från sin resa", sade Klara. "Det var dagen efter att hon hade fått beskedet. Hon reste från Lettland till Tallinn, och kom med båten hem. Hon tog taxi från Helsingfors till Lappkulla, kan du tänka dig vilket slöseri med pengar! Hon visade inga känslor alls, när jag tog emot henne på Lappkulla. Men jag själv hade förstås också lite svårt att ta emot henne. Jag ville inte riktigt krama om henne."

"Hur så?"

"Hon luktade rätt illa", sade Klara lite motsträvigt. "Jag förstår nog att det är rätt svårt att sköta hygienen när man reser tusentals kilometer med tåg, men det var nog rätt så intensivt..."

"Hon bodde ju på hotell?" sade jag intresserat och mina tankar gick till de dåliga tvättmöjligheterna på Strömstams sommarstuga om man inte kunde använda bastun.

"Alldeles, därför var jag lite förvånad över lukten", sade Klara. "Men Sofia gick gärna till badrummet efter återkomsten och hon stannade där i timmar. Jag är glad att vi har luftkonditionerade tåg i Finland, för man vet aldrig vilken sorts passagerare som sätter sig bredvid en. Hon kunde ens ha klippt håret kort innan hon for iväg. Men, i varje fall, som sjuksköterska är jag nog van vid att patienterna kan lukta lite."

"Var Sofias bil på Lappkullas gård under hennes Interrail? Ingen annan använde bilen?"

"Den var på sin plats hela tiden. Och Strömstams motorbåt också. Polisen frågade om dem tidigare."

"Okay. Ännu en sak om ödesdagen. Märkte du någonting på låset eller fönstren eller någonting? Att någon skulle ha varit i Lappkulla medan du var i närköpet?"

"Nej, ingenting. Alarmet var påkopplat precis som jag hade lämnat det när jag for iväg en halvtimme tidigare."

"Vem brukade besöka Lappkulla under året som du var där? Vänner, anlitat tjänstefolk, läkare, vemsomhelst?"

"Vi hade besök av en läkare några gånger, en sotare besökte oss under vårvintern, en heminredare tog mått för nya gardiner och en apparaturtekniker kontrollerade sjuksängens lyftfunktion en dag. Respiratorns underhåll sköttes en gång i månaden av tillverkaren, för den fick naturligtvis inte gå i olag. Men det kanske han misslyckades med, ifall respiratorn faktiskt slutade fungera. När dessa utomstående kom, fanns alltid Sofia eller jag på plats. Varken Sofia eller Levi hade vänner på besök. Ja, och polisen förstås, de kom för att undersöka den där terrassen varifrån krukan föll på Atte. Jag antar att den där smala polisen med det runda namnet också besökte Lappkulla rätt ofta efter Attes död."

En väggklocka klämtade två gånger och jag insåg att mitt nästa möte var om en halvtimme. De två äldre systrarna tittade förvantansfullt på mig med likadana blickar. De såg ut som tvillingar även om de inte var det. Väntade de att jag skulle presentera lösningen på mordgåtan på samma sätt som brittiska detektiver brukade göra? En doft av kaffe spred sig från köket, men båda systrarna var så uppspelta av mitt besök att de hade glömt bort att bjuda på kaffet. Det gjorde ingenting.

"Jag tror att det var allt för den här gången", sade jag och steg upp. "Om det är OK, ringer jag om det dyker upp något nytt."

"Naturligtvis", sade både Selma och Klara samtidigt och tittade roat på varandra över sina synkroniserade svar. "Ett besök av en privatdetektiv är nästan lika spännande som ett besök hos tandläkaren", fortsatte Selma.

"En sak ännu", sade jag vänd mot Klara. "Vet du om Sofia gillar nässelsoppa?"

"Jag vet inget om nässelsoppa", sade Klara med en förbluffad min. "Men hon är alldeles galen i spenatsoppa. Det sägs visst att nässelsoppa är fattig mans spenatsoppa."

"Alldeles", sade jag tankfullt och tackade Åkerstrands för deras tid.

*

Exakt en kvart senare såg jag Fiskars landmärke, klocktornet vid Kasernen. När Carl Ludvig Engel hade anlitats att rita byggnaderna i Helsingfors hjärta, hade även Fiskars brukspatron velat få sin andel av landets stjärnarkitekt. När jag var liten, hade man stolt berättat om en ängel som hade ritat brukets praktfulla byggnad, och det var först långt senare som jag hade förstått att det inte var en ängel, utan namnet på en arkitekt. Många trodde att Engel även hade ritat patronens herrgård mitt i bruket, men så var inte fallet. Det konstiga var, att herrgården var en av de få bruksbyggnader, som allmänheten inte fick besöka ens i denna dag.

Bruket var proppfullt med turister och det var svårt att hitta en parkeringsplats. En person hade dock åtagit sig uppdraget att dirigera bilisterna i rätt riktning. Tuffe, brukets stolta bydåre, viftade ivrigt åt vilket håll det kunde löna sig för bilisterna att leta efter parkeringsplats.

"Österfelt, jag minns dig nog från i våras", ropade han genom vindrutan och skuttade åt sidan så att flätan mitt på hans skalle hoppade på flinten. Han ägnade inte mera tid åt mig utan koncentrerade sig på nästa bilist. Hans moped stod parkerad vid en skylt som berättade att ett ölbryggeri hade öppnats på andra sidan ån.

Björkarna fortsatte med att slunga iväg sina frön som ett tätt snöfall. Det fick bruket att se lite kusligt dystert ut trots att augustisolen sken från blå himmel. De bilar, som passerade huvudvägen, blåste upp små moln av frön innan de lade sig i små drivor igen längs den asfalterade vägkanten.

En stor turistgrupp kom långsamt gående längs Åkerraden från museet och jag gick raskt undan för att inte fastna i deras fötter. Några småbarn dansade i täten av gruppen som om de hyllade snöfallet. Jag gick över landsvägen till Skomakarbacken, dit de flesta av brukets nya hantverkare hade bosatt sig. Där bodde också Antero Grönström, den unga IT-expert som jag hade träffat några månader tidigare. Hans IT-företag AGID sysslade med främst Internet-grafik, men jag trodde ändå att han kunde hjälpa mig med Sofias fotografier på det sociala forumet.

Skomakarbackens alla rödmålade hus hade sett bedårande ut redan på våren, men nu kryddades de av härliga blomster. Under våren hade jag bara sett hantverkarnas trädgårdskonstverk i metall, vide och trä, men nu blandades allt det med hundratals färgnyanser från blommor av olika former och längd. Anteros gård var dock totalt lämnad åt sitt öde, och det måste säkert reta grannarna. Den oskötta gården såg vilsen ut bland all kreativ skaparglädje.

"Jonas, min singelvän", sade Antero glatt när han öppnade dörren. Vi hade diskuterat parförhållanden några månader tidigare och han hade berättat om sina tillfälliga tjejförbindelser. Det hade känts rätt i hans livssituation, men kanske inte så godtagbart för mig, som var dubbelt äldre än han.

Jag steg in i hans spartanskt inredda rum, där säng, arbetsbord och IT-utrustning samsades med köksbord och stolar i ett och samma rum. Jag tittade på hans enorma kappsäck, som stod vid sängen. Den var så stor att den vid behov lätt kunde innehålla Anteros hela liv. Hans ägodelar var verkligen få.

"En resa på kommande?" frågade jag, men innan Antero hann svara, skrämdes jag av ett utrop från köksvrån:

"Överraskning!"

Plötsligt stod Linnea Flytmarsch och Axel Nordsund framför mig, ungdomarna som jag hade intervjuat i samband med vårens utredningar. Axel var disponentson på min barndomsvän Hubertus hemgård Lillböle och Linnea var hans flickvän. Linnea räckte ut sin hand för att jag skulle beundra hennes förlovningsring.

"Gratulerar", sade jag uppriktigt och uppmärksammade att Axel såg lycklig ut. Antero Grönström var Axels bästa vän.

"Jag friade så fort polisen hade släppt mig fri", sade Axel och hänvisade till de felaktiga misstankar som hade riktats mot honom.

"Det var skönt att det redde upp sig till slut", sade jag.

"Ja, Mias död förklarades som en olyckshändelse, även om det fortfarande tisslas och tasslas om vad som egentligen hade hänt. Men länken till knarkhandeln i Västnyland blev aldrig riktigt klarlagd." Antero tittade på mig som om jag hade en förklaring att ge.

"Vet du något om knarkhandeln, för tidningarna har inte berättat något?", frågade Linnea nyfiket.

"Tyvärr vet inte heller jag något", sade jag även om det var en vit lögn. Jag visste nog mera än vad offentligheten gjorde, men inget var bekräftat, och den grenen av fallet var visst fortfarande under polisutredning. Det hade Nettan Larsson bekräftat under mitt besök hos polisen i Ekenäs föregående dag.

"Nåväl, vi ville bara berätta för dig om vad utredningarna ledde till", strålade Linnea och fingrade på sin förlovningsring.

"Antero berättade att du var på väg", sade Axel. "Jag har semester just nu och Linnea fortsätter sina studier i Åbo först nästa månad."

Axel Nordsund var en av de snyggaste unga män som jag någonsin hade sett. Jag tittade fundersamt på den unga mannen. Han kunde få vilken brud som helst, men han hade valt Linnea och han var verkligen engagerad till henne. Under våren hade jag diskuterat med Antero om hur det var att stå i skuggan av en sådan man, men Antero hade sagt att han nog fick tjejer även utan draghjälp av Axel. Han hade sagt det på ett sätt som fått mig att tro honom.

"Nåväl", sade Linnea och steg ut i Anteros tambur som en gest att hon och Axel var på väg ut. "Vi ville bara tacka dig, Jonas, för vad du än gjorde i våras, när Axel blev frigiven."

"Det var så lite så", sade jag, djupt rörd över att någon hade gynnats av mina undersökningar. Att jag var av nytta för ens någon här i världen. Att min arbetslöshet hade lett till undersökningarna och att dessa hade lett till denna lycka för de två unga människorna.

När de gick ut, nickade Axel respektfullt åt mig, och jag kände mig knäsvag. Jag var den enda som visste vilken enorm överraskning som väntade honom en dag i framtiden. Den överraskningen var dock beroende av Hubertus och Maria von Dunderholm och jag insåg att jag inte hade hört några nyheter från Brasilien under alla dessa månader. Kanske Maria var fortfarande vid liv? Men det var en annan historia, och nu hade jag fullt upp med Levi och Sofia Strömstam.

"De kommer tillbaka senare", sade Antero. "Vi skall äta tillsammans, men du får gärna smaka innan de kommer."

Plötsligt kände jag den bekanta doften av burgundisk köttgryta från Anteros kök. Den baddade i ugnen, och den skulle bli bara bättre ju längre nötköttet fick mjukna.

"Det är säkert gott", sade jag hungrigt. "Vi får se hur långt vi kommer i grejen som jag hade tänkt begära hjälp med."

"Du har ett nytt fall att undersöka, förstår jag."

"Ja, om jag får låna din Internet, skall jag visa vad det är fråga om", förklarade jag och Antero räckte mig sin bärbara dator, vars skärm redan visade en sökmotor på Internet.

Jag knackade in "Sofia Strömstam", och kom till hennes sociala konto med bildgalleriet öppet för vem som helst att beskåda. Jag klickade fram bilderna från senaste maj och vände datorn tillbaka mot Antero.

"Den här unga kvinnan har publicerat sina bilder från en resa, som hon säger sig ha gjort i maj", förklarade jag. "Jag försöker bevisa att hon inte kan ha gjort resan just då."

Antero var tyst en stund. Han betraktade några av resebilderna och vände sig mot mig.

"Sofia Strömstam", sade han långsamt.

"Känner du henne?" frågade jag förbluffat.

"Nej, men det namnet sägs som kontots innehavare i övre högra hörnet."

"Naturligtvis", sade jag och tittade tillbaka på skärmen och vad allt sidan avslöjade om mitt fall. "Tyvärr vill jag inte berätta särskilt mycket mera om fallet. Men jag är i ett desperat behov av att hitta nya ledtrådar i samband med fotografierna. Sofia Strömstam kan inte ha varit på sin resa i maj."

"Vad har hon gjort?"

"Ledsen. Jag kan inte berätta mera."

"Nåväl", sade Antero med en suck och koncentrerade sig på att knäppa fram olika koder i bildernas egenskaper. Jag tittade intresserat på utan att riktigt förstå vad den unga IT-experten gjorde.

"Har du funderat på de utredningstips som vi diskuterade senast?" frågade den unge mannen och jag försökte minnas vad vi hade pratat om förra våren.

"Att alltid leta efter motivet", sade jag. "Pengar är troligtvis det främsta motivet även i detta fall, men man kan ju aldrig vara helt säker innan sanningen är uppdagad."

"Jag menar det som vi pratade om gällande konspirationsteorier", förklarade Antero och han fortsatte göra några kodningar i ett annat program.

"Nu minns jag", erkände jag. "Om man förskjuter den uppenbara centralpunkten i ett fall till någon eller något som verkar vara i bakgrunden, kan man se motiv i ett helt nytt ljus."

"Precis", sade Antero. "Det verkar som om du tar för givet att det är denna Sofia som är skyldig, men kanske hon trots allt inte är spindeln i nätet?"

"Jag förstår vad du vill säga, men för tillfället har jag inget annat att gå efter", sade jag. "Visst finns det andra som kunde vara misstänkta, men..."

"Det kan löna sig att dubbelkolla alla andra inblandade ännu en gång", sade Antero långsamt. "Alla människor har alltid något motiv. Något att sikta på."

"Hittade du något?" frågade jag förhoppningsfullt även om han hade antytt att inget i fotografierna pekade på Sofias skuld.

"Titta här", sade Antero. Han pekade på en uppladdningskod. "Fotografierna har laddats upp på detta konto omedelbart när de har tagits. Det betyder att det finns en direktsändningsfunktion till det sociala kontot i den digitala kamera eller i den mobila telefon som har använts. Kvinnan på bilden har verkligen varit på ort och ställe när fotografiet har dykt upp i precis rätt tidsrymd på kontot. Allt stämmer."

"Kan man programmera en mobiltelefon eller en digital kamera att skicka bilderna till det sociala forumet en annan tid än realtid?"

"Till det behövs avancerad apparatur och specialkunskaper. Det är mera än vad jag är insatt i."

"Kan bilderna vara manipulerade då?" frågade jag med en trött suck. "Alltså uppgjorda med en maskerad person med en kuliss som bakgrund innan fotografiet har tagits och innan det har letts direkt in till Internet?"

"Fotografierna ser nog mycket äkta ut", sade Antero. "Ingen har alltså bytt ut ansiktet på personen efter att bilden har laddats upp och ingen har ändrat bakgrunden. Bilderna har inte rörts efter att de väl blev automatiskt uppladdade. Det vi ser är det som har fotograferats."

"Men om det är en kuliss som har fotograferats?" envisades jag.

"Titta här", upprepade Antero och visade på koden. "Här är longitud och latitud för platsen varifrån bilden har laddats upp i realtid. Den här bilden har laddats upp från Wien och den här från Venedig."

Jag tittade desperat på bilden som visade St Stefansdomen i Wien med Sofia i förgrunden. Jag tittade på bilden med Sofia som selfie i förgrunden till

Rialto-bron i Venedig. Jag kollade datumen, när bilderna hade tagits, med tågrutten i kopian av Interrail-häftet. De stämde in.

"Min enda chans är alltså att flickan på bilderna inte är Sofia Strömstam utan en dubbelgångare", stönade jag.

"Det kan jag tyvärr inte hjälpa med", sade Antero handfallet. "Jag kan bara garantera att kvinnobilden inte är manipulerad."

"Vad är det där?" frågade jag och pekade på ett tomt utrymme mellan en bild av Sofia i Split och en bild av Sofia i Dubrovnik.

"Det ser ut som om där har funnits två fotografier, men de har tagits bort", sade Antero. "De har varit uppladdade där, men de har tagits bort efteråt."

"Har du möjligheten att få fram dessa bilder i efterskott?"

"Nej, tyvärr", sade Antero.

"Kanske de var helt enkelt dåliga bilder, som Sofia inte ville ha på sitt konto?"

"Kanske du borde fråga henne?"

Jag tittade fundersamt på Interrail-häftet. Det berättade att hon hade åkt med tåg från Venedig till Split, precis som fotografiserien antydde. Efter det hade hon dock plötsligt dykt upp i Dubrovnik utan någon anmärkning om en tågresa. Följande tågresa var från Split till Ljubljana i Slovenien. Vad hade hänt i Kroatien?

"Titta här", sade Antero igen en gång och visade på en karta som han hade laddat upp från Internet. Den visade europeiska tåglinjer och svaret på gåtan var uppenbar.

"Aha", utbrast jag. "Det finns ingen tåglinje mellan Split och Dubrovnik. Om man vill åka till Dubrovnik, vilket många resenärer gärna gör, måste man åka buss. Och då blir det ingen anmärkning om det i Interrail-häftet."

"Precis", sade Antero belåtet. "Och man får betala separat för det också, men kanske det är värt det."

"Det förklarar alltså Interrail-häftet, men inte bilderna. Varför ville hon ta bort bilderna från resan mellan Split och Dubrovnik?"

"Det finns säkert en simpel förklaring till det", sade Antero.

Min blick svepte över kartan med den smala kroatiska kustremsan mellan landets två stora städer Split och Dubrovnik. Kusten var fylld med små pittoreska öar och byar, som jag hade hört många resenärer säga vara små paradis. Kanske Sofia eller snarare hennes dubbelgångare hade åkt på en kryssning mellan de vackra öarna?

"Antagligen", sade jag fundersamt.

"Förresten", sade Antero med en klurig röst och klickade fram en ny Internet-sida. "När du hade ringt mig om detta besök, gjorde jag några sökningar på Internet med ditt namn."

"Ja", sade jag intresserat. Vi hade tydligen lämnat mitt ärende om Sofias fotografier nu.

"Jag hittade en hel del saker om dig, som du säkert visste att fanns på Internet från tidigare. Men som vi diskuterade tidigare, kan det i konspirationsteorier löna sig att skifta intresset från den egentliga personen till någon i hans närkrets. På det sättet kan man få upp en del överraskande upplysningar om den man är intresserad av."

"Okay", sade jag och kalla kårar kröp längs min ryggrad då jag mindes hur mycket jag hade avslöjat om mig själv på Internet innan händelserna förra våren. Då hade en konspiration kommit i dagen så fort jag skiftat mitt intresse från den uppenbara till någon som var mindre uppenbar.

"Från ditt virtuella släktträd hittade jag namnet på dina föräldrar och när jag gjorde en sökning på din mammas namn, hittade jag något alarmerande."

"Berätta", sade jag med stigande oro.

"Är din pappa döende?" frågade Antero abrupt.

"Ja", svarade jag och klumpen i min mage steg.

"Titta här", sade han och visade på en sida, som jag inte kände igen. Den upprätthölls av en förening, som lobbade för att eutanasi skulle tillåtas. Antero pekade på ett forum, där man diskuterade olika aspekter i samband med eutanasi.

"Det kan inte vara sant", sade jag överraskat, då jag läste ett inlägg, som var undertecknat med mammas namn. Hon hade öppet frågat hur man skulle gå tillväga om ens närmaste ville dö.

"Förstå mig inte fel", sade Antero. "Jag understöder själv också eutanasi, men det är viktigt att man inte lämnar något spår till sig själv i dessa frågor."

"Naturligtvis", sade jag, oförmögen att säga något mera. Det var uppenbart att mamma skulle bli misstänkt som mörderska, om pappa nu plötsligt skulle dö. Fastän mamma ville väl, förstod hon inte Internets faror. Man kunde bli utpekad för något oförutsett i och med att man hade använt sitt eget namn på nätet.

"Jag antar att du gärna skulle se att din mammas inlägg skulle försvinna från den virtuella världen", sade Antero försiktigt och tittade på mig.

"Jag skulle vara väldigt tacksam över det", sade jag lågmält.

"Det är möjligt om jag skickar ett korrumperat svar på hennes inlägg", förklarade Antero. "Då blir föreningens server eller tekniska personal tvungen att förstöra hennes inlägg utan att det påverkar Internet-sidornas funktionalitet. Det skapar ingen nämnvärd skada åt hemsidans upprätthållare, och inlägget försvinner från Internet."

"Om du kunde göra det, vore jag väldigt tacksam", upprepade jag, fortfarande chockad över vilken fälla Internet hade blivit.

"Jag skall inte fråga mera om saken", sade Antero finkänsligt och skickade iväg ett virtuellt svar på mammas inlägg. "Fint att jag kunde stå till tjänst."

Jag förstod ingenting av det tekniska som han gjorde. Plötsligt gick diskussionsforumets sidor inte att ladda och nätet gav ett felmeddelande. När Antero kommenderade nätet att ladda upp sidan igen, syntes diskussionstrådarna som normalt, men mammas inlägg hade försvunnit. Föreningens server hade automatiskt raderat bort det som var förknippat med den korrumperade sidan. Faran var över.

"Tack", sade jag och tittade på den unge mannen rakt i hans ögon.

"Hur skulle det vara med lite gryta nu?" frågade Antero glatt och knäppte demonstrativt fram datorns utloggningssida.

"OK", sade jag och kände åter hur doften från köket vällde upp min aptit.

"Dagens måltid är alltid något som är värt att sikta på", sade Antero och smackade med munnen.

KAPITEL 9

Lördag

Tre dagar till arvets utbetalning

"Då åker du dit!" befallde Levi bestämt i andra ändan.

"Jag har faktiskt inga andra ledtrådar att följa upp längre", sade jag med min mobiltelefon en bit från örat. Levi lät verkligen inte belåten och jag kunde inte tro vad han just hade sagt.

"Då tar du nästa förbannade plan till Dubrovnik och följer upp den sista ledtråden!"

"Men det kostar ju en hel del..."

"Det gör ingen skillnad vad det kostar", fräste Levi. "Jag behöver resultat och arvet håller på att slinka mellan fingrarna. Det är bara tre dagar kvar!"

"Det går faktiskt ett plan ikväll."

"Ta det! Efter att du ringde frågade jag Sofia vad hon hade gjort mellan Split och Dubrovnik, och hon höll på att tappa kaffekoppen. Hon döljer något, det är säkert."

"Hon sade inget om de två borttagna fotografierna?"

"Jo, hon sade att de var så fula att hon inte ville ha dem på sin hemsida. Men det lät nog som om hon dolde något. Kanske hon hade sällskap på dem fastän hon förnekar att hon rest med någon under sin Interrail?"

"OK, jag åker till Dubrovnik."

"Kom tillbaka senast innan arvet betalas ut, ifall vi får fundera fram en sista konfrontation med henne. Stefan, du och jag tillsammans."

"Vi gör så", sade jag och lade på luren. Den unge mannen började låta desperat och hans otåliga uttalanden brände i mina öron. Men han var min arbetsgivare för tillfället och jag ville inte klandra en person, som gav mig värdefull sysselsättning.

Mitt hem var i desperat behov av städning. Mina krukväxter behövde vatten och jag började med att tillfredsställa deras behov. Medan jag hällde vatten på min yucca-palm vid fönsterbrädet tittade jag ut genom fönstret. Helsingfors bullrade utanför mitt trygga hem på samma sätt som det gjorde varje dag. Spårvagnars bromsar tjöt och bilar gasade iväg, då trafikljusen förvandlades från rött till grönt. Någon fyllhund skränade en sång om förgången ungdom. Fiskmåsar kretsade över hustaken och det var mitt tak, som jag förbannade för tillfället.

Mitt hem i Vallgård befann sig på översta våningen i ett gammalt våningshus. Plåttaket var hett som en kokplatta och strax under det var det varmt som i en bastu. Under den långvariga augustihettan hade mitt hem värmts upp till outhärdliga temperaturer och jag hade svårt att hitta lindring i situationen. Ett sätt att lindra omständigheterna var att tillbringa så lite tid som möjligt i mitt eget hem. Uppdraget i Västnyland var mera än välkommet och arbetsresan till Dubrovnik likaså. Det hade varit mycket mera behagligt att sova i mina föräldrars gästrum i lilla Ekenäs än i den heta storstaden.

Jag orkade inte börja städa. Det var alltför hett. Jag satte mig i min soffa och började fundera. Med fönstret på vid gavel och stadens öronbedövande ljud försökte jag koncentrera mina tankar på de senaste dagarnas händelser. Den iskalla diskussionen med Sofia Strömstam, den spännande skattjakten på Tulludden, de två äldre systrarna Åkerstrand och Antero Grönström.

Under middagen med Antero hade vi inte diskuterat Sofia Strömstam eller fallet desto mera. Antero hade berättat om blindträffar och jag hade intresserat mig för vilka möjligheter Internet förde med sig i jakten på den perfekta partnern. Kanske jag borde engagera mig mera i det så fort fallet Strömstam var klart för min del? Det var ju trots allt uppenbart att jag behövde en ny vändning i mitt liv.

Även om sysselsättningen som privatdetektiv hade fört med sig intressant nytänkande, kände jag mig fortfarande vingklippt av min arbetslöshet. Under vintern och våren hade jag varit mycket bitter på samhället, då jag inte fick ett arbete att sysselsätta mig med. Jag hade försökt sysselsätta mig själv som en privatdetektiv och det hade gett mig ett bittert bakslag. Trots det hade jag lärt mig att uppskatta företagsamhet och det hade till och med varit inspirerande. Då jag hade engagerat mig i ett uppdrag, hade jag samtidigt tränat de sociala färdigheter som hade rostat under min arbetslöshet, och det hade visat sig vara lyckat. Och nu hade min kontakt till polisen Stefan Rundberg bakat ett nytt fall, de tragiska händelserna på Lappkulla.

Stefan hade ringt mig föregående kväll och berättat om sina intervjuer bland busschaufförerna. Ingen hade känt igen Sofia Strömstam, varken som mörkhårig eller blond. Men det behövde ju inte betyda någonting. Åtminstone i Helsingfors busstrafik tittade chaufförerna inte ens på sina passagerare.

Jag hade också frågat om polisen hade kollat Sofias taxiresa från Helsingfors hamn till Lappkulla i slutet av Interrail-resan, dagen efter att Atte hade dött. Stefan hade sagt att chauffören hade intervjuats och att han mindes hennes lukter, precis som Klara Åkerstrand hade gjort. Jag konstaterade att Sofia hade därmed alltså rest med buss från Somero till Helsingfors för att därefter ta taxin till Hangö udd. Även det var noggrant uttänkt.

Stefan hade också bekräftat att polisen hade undersökt den digitala kameran, som hade använts under Sofias Interrail-resa. Kameran var rätt simpel och det gick bara att programmera den att skicka bilderna till ett Internet-konto under realtid istället för utsatt tid. Det började kännas som om kamerans tekniska detaljer var undersökta till fullo.

Jag suckade för mig själv och lade huvudet på soffans kudde. Jag låg i enbart mina kalsonger och hoppades att jag inte skulle svettas så pass mycket att lukten skulle fastna i soffans tyg. Det var länge sedan jag hade legat i mitt eget hem, min tillflyktsort, med enbart mina tankar som sängkamrat. Jag lät den senaste veckans händelser välla över mig. Det fanns inget nytt att grubbla på i samband med fallet Atte och Sofia Strömstam, så allt annat började dominera mina tankar.

Det var uppenbart att jag borde tänka på pappa, mamma och eutanasi. Eftersom jag inte hade kunnat tänka på det under de senaste dagarna, hade jag stängt den hemska verkligheten från mina sinnen. Det skulle en psykolog ha sagt, men jag behövde inte ett proffs för att förmå mig att erkänna det för mig själv. Om det var OK för min syster Gitta att förneka pappas allvarliga tillstånd, varför skulle det inte vara OK för mig också? Om jag lät bli att tänka på mammas hemska ord, skulle jag samtidigt minska på sannolikheten att de förverkligades? Lönade det sig att lägga huvudet i busken, som strutsar brukade göra när faran närmade sig?

Jag låg och tittade mot det vita innertaket, som skyddade min bostad från det brännande plåttaket. Vitklädda änglar förväntades skydda oss mot världens ondska. Vem var den vitklädda ängeln i den ondska som hade drabbat pappa? Var det mamma? Var hon ängeln som skulle göra allt bra igen i pappas liv? Eller i pappas död? Vad var min roll? Skulle jag stöda ängeln? Eller var jag den vita ängeln, som skulle skydda pappa mot den svarta ängeln, mamma?

Om pappa hade dött av sin hjärnblödning, var det klart att jag skulle ha fungerat som ett stöd åt mamma. Var den här situationen annorlunda? Han var praktiskt taget död, och jag var övertygad om att mamma hade rätt i sin tolkning att pappa skulle säga sig vilja dö om han kunde uttala orden. Borde jag därmed stödja mamma ännu mera i hennes strävan att fullfölja pappas vilja?

Det kändes som om både förnuft och känslor skrek "Ja!" till varje fråga. Varför kändes det då så svårt att befatta sig med frågan och att skrida till verket? Hade jag överhuvudtaget rätt att ta ställning till frågan? Om mamma inte hade funnits, hade jag utlokaliserat ansvaret för pappas välbefinnande till en anstalt. Jag skulle därmed ha låtit bli att fundera på hans egen vilja. Eftersom mamma hade åtagit sig ansvaret för pappas välbefinnande, var det hennes vilja och hennes tolkning som betydde något. Det var inte fråga om enbart hans vilja längre. Mamma kunde ju inte diskutera med honom längre så att två olika viljor möttes i en kompromiss.

Det var uppenbart att mitt grubblande ledde till ett svar. Jag måste ta ett tyngre ställningstagande till pappas öde. Jag måste dela mammas tunga ansvar. Vi var en familj och vi kände till varandras innersta önskan. Det var fel att ignorera en sådan önskan om vi hade makt att uppfylla den. Det var inte mammas ensamma börda. Därför hade hon velat dela med sig av kännedomen om det kommande på förhand. Men det var min uppgift att öppet respektera både hennes och pappas önskan. Att stödja dem.

När jag hade åkt från Ekenäs med morgontåget, hade jag tittat på mamma och pappa vid frukostbordet igen. Under dagarna som hade gått, hade jag inte kunnat diskutera mammas antydan om aktiv dödshjälp. Istället hade vi suttit tillsammans i tystnad och lyssnat på pappas mumlanden och gurglanden. Under denna morgon hade mamma för första gången på länge sett relativt utsövd ut. Hon hade sagt att det var för att hon kände sig klarsynt och för att jag hade delat hennes börda. Det hade åstadkommits i och med att hon hade fått berätta om sina tankar.

Jag bestämde mig för att återkomma till detta så fort jag återvände från Kroatien. Det kändes som om klockan tickade mot en domedag på två fronter samtidigt. Jag skulle tampas med Sofia Strömstams domedag först, och först därefter med Österfelts öde.

Klockan tickade också mot flygplanets avgång, och jag steg upp från soffan. Jag skulle äta en kall, svalkande gazpachosoppa innan jag åkte iväg. Gurkorna, tomaterna, vitlöken och brödkrutongerna väntade redan på att bli krossade i matberedaren. Flygplanets mat var oätbar, så jag ville var mätt inför resan. Kanske Dubrovnik hade något gott att erbjuda som en sen middag?

KAPITEL 10

Söndag

Två dagar till arvets utbetalning

Morgonsolen gassade över Dubrovniks gamla stadsdel. Den blåa himlen mötte ett hav av rödfärgade tegeltak, som kännetecknade den gamla staden. Lite längre bort syntes åter en blå nyans, men det var inte himlen utan Adriatiska havet.

Jag tittade ut över staden från hotellrummets fönster och suckade av välbehag. Trots att augustitemperaturen var lika hög som i Finland, var allt annorlunda. Fönstret hade varit öppet under natten och jag hade inte störts av oljud. Precis som i min bastuheta lokal i Helsingfors hade jag legat under ett tak på översta våningen, men i Kroatien hade en sval bris svalkat mig till sömns.

Eller var det den utsökta middagen föregående kväll som hade fått mig att glömma alla världens problem? Så fort planet hade landat i Dubrovnik, hade jag åkt till mitt hotell och gått till den gamla stadsdelen i jakt på en kvällsrestaurang. Mitt val hade varit vid huvudstråket Stradun och där hade jag gottat mig åt prsut lindat kring honungsmelon samt en svart risotto. Prsut var kroaternas lufttorkade skinka och den serverades i tunna skivor. Risotton i sin tur var färgad med det svarta bläcket från bläckfisk, men den hade inte varit en särskilt stor kulinarisk upplevelse förrän jag hade strött flera skedar med parmesanost över riset.

Efter middagen hade jag gått till Dubrovniks busstation för att se vart Sofia (eller hennes dubbelgångare) hade anlänt efter vistelsen i Split, som befann sig mera norrut längs den kroatiska kusten. En tavla med tidtabeller hade visat att det varje dag kom och gick många avgångar mot Split. Några enstaka busslinjer gick till Sarajevo och Mostar i Bosnien-Hercegovina, någon till Belgrad i Serbien och någon söderut till Budva och Podgorica i Montenegro och därefter vidare till Makedonien och Albanien. Det var uppenbart att bussarna användes flitigt, för Dubrovnik hade ingen järnväg till övriga Kroatien, endast norrut mot Bosnien-Hercegovina.

Varken morgonsolen eller föregående kvälls skymning hade gett mig någon idé om vilket genombrott jag möjligen kunde göra i Kroatien. Hela denna utlandsresa kändes som att fumla i mörkret i jakt på en ledtråd som jag inte ens visste om den existerade eller inte. Men jag hade inget val. Det fanns inget annat att gå efter.

För andra gången under några månader hade ett uppdrag fört mig utomlands. Mitt tidigare fall hade skickat mig från ett vårvintrigt Finland till ett hett och fuktigt Rio de Janeiro, och nu hade heta Finland skickat mig till varma Kroatien. Och det var dags att besöka det hotell, där Sofias dubbelgångare hade vistats under några nätter innan hon hade återvänt norrut genom Europa. Tillbaka till Finland och Atte Strömstam, som hade endast några dagar levnadstid kvar.

"Sofia" hade övernattat på Diocletan Apartman, ett privathotell i den gamla stadsdelen, och det var dit jag var på väg. Tyvärr hade jag inte fått ett rum på samma hotell på ett så kort varsel, men det gjorde inte något. Det var ju trots allt högsäsong för turismen. Mitt första intryck av hotellet var att det var ett ruckligt vitrappat hus vid en trång gränd, som skymdes av bykta sängkläder på tork. Men inuti var byggnaden renoverad så att den säkert hade tillfredsställt Sofias behov.

En gammal, knotig kvinna i svarta kläder såg olycklig ut när hon närmade mig. Hon förklarade på dålig engelska och lite bättre tyska att hon tyvärr inte hade några lediga rum. När jag förklarade mitt ärende, såg hon först lättad över att hon trots allt inte behövde vålla mig någon besvikelse. Lättnaden förvandlades snabbt till lite besvikelse, då hon inte skulle tjäna något på mitt ärende. Motvilligt tittade hon på bilden av Sofia, och den gamla kvinnan sade att hon nog mindes att en flicka med det utseendet hade bott några nätter på hennes Apartman.

Hon bläddrade i en tjock bok full med övernattningsanteckningar. Kvinnan konstaterade bara att denna Sofia från Finland hade bott hos henne två nätter i maj och att hon hade kommit från Split, dit hon även skulle återvända. Något mera visste hon inte. Jag lade en 20-euros sedel i hennes hand och den gamla kvinnan log så brett att det slätade ut hennes rynkor i pannan.

Samtidigt dök det upp ett franskt par, som förklarade med svag engelska att de hade en reservation. Den gamla kvinnan fick deras namn och hon jämförde det med ett namn i liggaren. Hon tog emot en bunt med sedlar och började leda det franska paret mot deras rum. Hon nickade ännu belåtet åt mig, där jag stod vid dörren. Det var uppenbart att kontanterna knappast skulle deklareras i någon statsbeskattning.

Så fort jag stod på Stradun igen, förstod jag att det inte fanns några konkreta ledtrådar kvar att följa upp. Fundersamt blandades jag med turistströmmarna, som långsamt promenerade på stadens vita kalkstenar. Stenbeläggningen såg ut som välpolerad marmor och den var säkert hal under årets få regniga dagar. Jag gick förbi Rektorspalatset, som liknade Dogepalatset i Venedig, och det var uppenbart att hela den kroatiska kusten hade tillhört republiken Venedig i tiderna. Det roade mig att någon av rektorerna under min skolgång skulle ha bott i ett palats. Å andra sidan hade herrgårdar haft en viktig betydelse under mina båda detektivundersökningar hittills.

Jag klättrade upp på den bastanta muren, som omgav Dubrovniks gamla stad. När jag stod på murkrönet, hade jag en magnifik utsikt över Bokarfästningen, men min blick vandrade längre bort förbi soldränkta öar och azurblått havsvatten. Jag tittade norrut längs kusten, som vette hundratals kilometer ända fram till Split. Vad hade "Sofia" fotograferat längs den rutten, som var så avslöjande att det måste avlägsnas från Sofias galleri med fotografier?

En levande reklamskylt kom gående emot mig på murkrönet. En ung pojke bar på ett stort plakat som erbjöd kryssningar mellan öarna i Dubrovniks närhet. Texten erbjöd också dagsutflykter till Mostar i Bosnien-Hercegovina och till Kotor i Montenegro. Jag skakade på huvudet och han fortsatte förbi mig. Han tycktes hålla en bunt med kontanter, kroatiska korunor, i sin högra hand. Det var uppenbart att det var kontanter som gällde i landet.

Samtidigt slog det mig så kraftigt att jag måste leta mig till skuggan. Jag förbannade mig själv över att jag hade varit så dum att jag inte hade tänkt på det tidigare. För en sekund skyllde jag på hettan, men insåg att även Stefan borde ha tänkt på det uppenbara.

De flesta övernattningsställena kräver legitimation när man vill övernatta hos dem. Men inte alla. Även om man har betalat för övernattningen på förhand, brukar det krävas identitetsbevis när man skriver in sig. Diocletan Apartman, som "Sofia" hade använt sig av, hade tydligen inte krävt identitetsbevis, åtminstone inte av fransmännen. Det räckte att man presenterade kontanter för att man skulle få sin övernattning. För Sofias alibi var det viktigt att den resande "Sofia" verkligen identifierade sig som Sofia Strömstam, när det behövdes. Det betydde två saker.

För det första behövdes ingen identifikation under en resa med tåg inom EU. Ingen hade velat se mitt identitetsbevis under mina tågresor när jag åkte Interrail som ung. Det stämde också in med "Sofias" Interrail-resa. Hon hade åkt rutten Estland-Lettland-Litauen-Polen-Tyskland-Schweiz-Österrike-Italien-Kroatien-Slovenien-Ungern-Slovakien-Tjeckien-Polen-Litauen-Lettland-Estland med tyngdpunkt på Wien, Venedig, Kroatien, Budapest och Prag. Hon hade alltså rest inom EU hela tiden, och därmed hade hon inte behövt visa sin identifikation.

För det andra behövdes en falsk legitimation, ifall någon mot förmodan skulle kräva ett id-bevis av "Sofia Strömstam". Det fanns en risk för att det skedde i samband med incheckning i hotell.

Jag mindes att Stefan hade fått en lista på de hotell, som Sofia hade sagt att hon använt under sin Interrail-resa. Det var dags för honom att kolla upp dessa hotells procedurer, om de krävde legitimation vid ankomst eller inte. Och ifall hotellen gjorde det, om de kunde skicka en skannad kopia av det pass, som hade presenterats åt dem. Samtidigt lugnade jag mig. Sofia hade haft hela vintern tid på sig att planera alla detaljer. Hon hade säkert tagit reda på om de inplanerade hotellen krävde legitimation eller inte, och valt sådana som inte gjorde det.

Min upprymdhet stelnade dock inte. Jag hade hittat ett litet spår igen. Även om det visade sig att Sofias dubbelgångare inte hade behövt ett falskt id-bevis under sin resa, skulle hotellens gemensamma nämnare nog vara rätt utpekande. Det kunde inte vara en slump att resenären skulle ha råkat ut för bara sådana hotell, som inte krävde legitimation.

Jag klättrade nedför en stege från murkrönet igen. Min upptäckt hade gjort mig hungrig och det var dags för en lunch innan jag åkte hem tillbaka med kvällsplanet. Dubrovnik hade inget nytt att berätta om Sofias besök i staden. Jag skulle ringa Stefan så fort jag kom tillbaka till Finland.

En pittoresk restaurang såg lockande ut och jag satte mig i skuggan på innergården. Jag beställde pasticada, en traditionell köttstuvning med bönor och plommon. Man rekommenderade också blitva, som var ångkokt mangold med potatis, vitlök och olivolja. Jag var så i sjunde himlen att jag beslöt mig för att beställa in ett glas med orahovac, valnötslikör, till dessert.

Medan jag njöt av likören, såg jag att jag hade sällskap. En staty av St Blasius, Dubrovniks skyddshelgon, var inmonterad i husväggen. Han tittade på mig som om han inte hade bestämt sig ännu om han ansåg mig vara vän eller fiende. Kvällen tidigare hade jag sett de fula lämningarna av kanonskott i Dubrovniks skyddsmurar. Jag undrade om St Blasius hade skyddat staden från belägringen för bara ett par årtionden sedan. Splittringen av Jugoslavien hade verkligen varit ödesdiger för de inblandade staterna, som nu försökte leva sida vid sida.

Skulle St Blasius skydda även mig efter mitt besök i hans stad? Skulle han leda mig mot rätt spår i jakten på Atte Strömstams mördare? Skulle han hjälpa mig att sikta mot ett behagligt liv? Skulle han hjälpa pappa att sikta mot ett behagligt slut? Jag tittade på min tomma tallrik och insåg att jag verkligen hade hittat något att sikta på. Kulinariska upplevelser skulle följa mig som en njutning varenda dag.

Mina rusfyllda tankar gick tillbaka till de otaliga parter, som hade kämpat mot varandra i kriget efter Jugoslaviens uppbrytning. Serber, bosnier, kroater, muslimer, katoliker, ortodoxa, majoriteter, minoriteter, onda, goda, gränsdragning, skyddshelgon, slaktande generaler... Skyddshelgonet St Blasius stirrade på mig och det var då som det slog mig. Jag stod upp så att matbordet nästan välte med mitt tomma orahovac-glas.

Jag visste vad de två försvunna fotografierna hade föreställt och jag visste varför de måste avlägsnas från Sofias Internet-konto. Jag tvivlade inte längre på att Sofia Strömstam var skyldig till mordet på hennes make. Jag visste hur hennes alibi skulle spräckas. Men det var alltför lite tid kvar att skaffa fram bevis...

KAPITEL 11

Måndag

En dag till arvets utbetalning

Tåget stannade i Kyrkslätt och jag tittade genom fönstret mot tågperrongen. Det efterlängtade regnet forsade ner och piskade upp droppar från den blöta asfalten. Det flög definitivt inga moln med björkfrön i luften längre, för regnet tvingade dem rakt ner mot marken. Forsarna samlade fröna till små naturliga fördämningar och regnvattnet ringlade sig som serpentiner i nya riktningar. Tåget fortsatte genom Sjundeås och Ingås landsbygd.

Jag hade anlänt med ett kraftigt försenat plan till Helsingfors sent föregående kväll. Det hade regnat redan då, men vattnet var så varmt att min bostad inte hade kylts ned ens det minsta. Det hade varit åter en natt fylld med svett samt buller genom öppna fönster. Ett eftermiddagståg skulle föra mig till det behagligare Västnyland igen. Jag var i desperat behov av att tala med Stefan för att få maskineriet att rulla. Vi hade fortfarande mycket att göra innan arvets utbetalning var förhindrat.

Vattendropparna samlades på tågfönstret likt små prickar, som siktade på att flyta in i varandra. Motvinden tvingade dropparna mot varandra och som fusionerade större droppar försökte de stå mot sin gemensamma fiende, vinden. Men i farten fick de ge efter, och rinna nedför fönsterrutan mot gummitätningen, där de upplöstes i en enda stor fukt. Tills de skulle torka bort. I den stora, eviga glömskan.

Var det även vår uppgift? Att kämpa för vår korta tillvaro på jorden tills vi glömdes bort? Om det var den oundvikliga sanningen, var det inte då vår uppgift att göra det mesta av vår tillvaro? Och att få bestämma vad vi ville göra med den? Om pappa ville undvika en outhärdlig tillvaro, vem var vi att neka honom hans önskan? Vår uppgift var alltså att sikta på något, som skulle göra vår tillvaro behaglig?

Jag kunde inte låta bli att tänka på Atte Strömstams öde. Skulle han vara av den åsikten att hans tillvaro var behagligare nu som död än en som sängliggande grönsak, vilket han hade varit ännu under vårvintern? Gjorde jag fel, då jag försökte få Sofia Strömstam fast för att ha gjort Attes tillvaro mera dräglig? Nej, naturligtvis gjorde jag rätt, då jag jagade henne. Det var hon som var ansvarig för att han hamnat i hans odrägliga situation och hon höll på att dra nytta av sitt dåd. Hon måste stå till svars för vad hon hade gjort. Men tänk om någon tänkte lika om mamma? Nej, det gick inte att jämföra. Hon var inte ansvarig för pappas situation, men hon var ansvarig för förvaltandet av hans vilja. På precis samma sätt som en förrättningsman var ansvarig för att fullfölja en död människas sista vilja. I form av ett testamente.

Bortom tågfönstret och regndropparna skymtade ett diffust västnyländskt jordbrukslandskap. Jag såg åkrar som hade hunnit få säden skördad innan regnet började. Jag såg åkrar med sädesstrån som hade slagits mot marken av störtregnet. Jorden hade brukats här i århundraden och människorna kände sin jord på samma sätt som de kände sina nära och kära. När jorden inte längre hade räckt till åt alla, hade vissa blivit arbetare på samma sätt som mina föräldrar. Även arbetarna hade lärt sig att följa sina instinkter och tankar om vad som var rätt och vad som var fel.

Det rådde ingen osäkerhet i vad som var rätt och vad som var fel för pappas del, men jag var ändå orolig för vad omgivningen skulle säga om hans slutliga öde. Betydde det att våra tankar om vad som var rätt och fel stod på svaga grunder, då vi inte litade på att omgivningen skulle stödja oss? Eller betydde det att vi inte litade på samhället längre? Att vi alltför många gånger hade blivit besvikna på vad som skedde med oss? Jag visste att mammas och pappas liv hade skakats ordentligt, när samhället hade berövat dem deras arbeten i Fiskars. På samma sätt hade även jag varit bitter, när jag blev arbetslös. Efter sådana omvälvningar, var det vår uppgift att bevisa vår nytta för samhället, eller var det samhällets uppgift att försöka vinna vårt förtroende igen?

Eftersom mina frågor blev allt flera ju mera jag grubblade, beslöt jag mig för att återgå till en mindre, och en mera förståelig skala. Om jag struntade i vad samhället skulle tänka, kunde det kännas viktigare att fundera vad familjen skulle tänka. Och då kom jag tillbaka till samma slutsats som jag hade kommit två kvällar tidigare: min uppgift var att stödja mamma. Om hon skulle göra något som upprörde samhället, skulle hon behöva mig mera än någonsin. Det skulle jag inte få försumma.

Tågets framfart dunkade monotont och jag började falla i en bedövande slummer. Jag kunde inte förstå hur jag i min ungdom hade klarat av att sitta en hel månad på tågbänkarna ute i Europa. Hur hade Sofia eller hennes dubbelgångare trivts på sin Interrail-resa? Hur hade det känts för Atte Strömstam och min egen pappa då de insåg att de aldrig mera skulle få uppleva en tågresa?

Det blev ett tågbyte i Karis och jag steg in i rälsbussen, som skulle föra mig till Ekenäs. Vi körde över en ås, som såg torr ut även i regnet. Ett tunt lager med lingonris täckte sandjorden, som skuggades endast av torra tallar. Någonstans bland dessa sandkullar hade jag krupit som rekryt i armén och jag lät roliga kasernminnen krypa över mig. Mest av allt mindes jag dock de avslappnande permissionsveckosluten i Fiskars och de våta festkvällarna i Ekenäs eller Karis. Och hur stolt pappa hade varit när jag hade blivit befordrad till undersergeant. Miljoner år hade förflutit sedan dess.

Rälsbussen anlände till Ekenäs station vid kvällskvisten och jag hade lovat att promenera det korta avståndet till polisstationen i Formanshagen. Jag skulle ha en pratstund med Stefan strax innan hans arbetsdag var slut och innan han skulle åka hem.

"Vissa lyckogrisar får åka på arbetsresa till exotiska utlandsdestinationer", sade Stefan med en teatraliskt sur min.

"Det var sol och varmt i Dubrovnik", konstaterade jag.

"Precis då solen och värmen tog slut här hos oss", svarade Stefan. "Men jag är inte avundsjuk. Långa flyg och endast en hotellnatt låter inte precis som avkoppling."

"Det är sant", sade jag. "Men jag fick nog upp ett intressant spår."

"Jag vill inte skynda på, men jag skulle gärna åka hem till kvällen", sade Stefan. "Oj, men nu minns jag. Frun startade sin sensommarbantning idag. Hon bjuder bara på morotsplättar till middag, så kanske vi inte behöver skynda oss trots allt. Berätta!"

Jag berättade om min idé kring hotellens incheckningsvanor. Att Sofia eller hennes dubbelgångare troligtvis hade använt sig av enbart sådana hotell, som inte krävde legitimation just därför att annars skulle Sofias dubbelgångare ha blivit avslöjad som någon annan än Sofia. Stefan tittade skeptiskt på mig.

"Även om det skulle visa sig att alla hennes hotell inte var så plikttrogna med legitimationskrav, skulle det inte räcka som bevis mot Sofia", sade Stefan. "Det skulle inte övertyga boförrättaren att skjuta upp utbetalningen av arvet heller."

"Är du säker?" frågade jag misstroget.

"Det är nog så. Men om vi börjar hitta många detaljer som pekar mot Sofia, och åklagaren besluter sig för att pröva fallet i domstol, kommer vi naturligtvis att följa upp den ledtråden också. Av många bäckar blir det en stor å."

"Men det hjälper inte i den här situationen, när vi har knappt om tid", konstaterade jag med en djup suck.

"Nej, tyvärr."

Det var dags att visa mitt trumfkort. Det som i Dubrovnik hade övertygat mig om att Sofia var skyldig.

"Det finns en annan sak", sade jag hemlighetsfullt. "Antero Grönström och jag hittade spår av två fotografier som Sofia hade avlägsnat från resebilderna i hennes Internet-galleri."

"Okay", sade Stefan förväntansfullt.

"Jag funderade vad som kunde vara orsaken till att hon hade velat förstöra dessa bilder, som var tagna någonstans mellan Split och Dubrovnik i Kroatien. Det var delvis därför som jag åkte till Dubrovnik."

"Hittade du orsaken?"

"Först trodde jag att Sofia eller hennes dubbelgångare hade åkt med buss längs den kroatiska kusten, Makarska Riviera, mellan Split och Dubrovnik. Men sedan slog det mig."

"Hon hade åkt någon annan rutt?" sade Stefan som ett logiskt antagande.

"Jag tror att hon åkte via Mostar i Bosnien-Hercegovina."

"Hon ville se den berömda bron i den muslimska staden? Den sevärdhet som bombades under kriget?"

"Ja, det görs massvis av utflykter och reguljära busslinjer till Mostar från både Split och Dubrovnik. Man kan till exempel åka från Split till Mostar och fortsätta till Dubrovnik under en och samma dag."

"Du tror alltså att de två fotografierna mellan Split och Dubrovnik föreställde Sofia framför bron i Mostar?"

"Ja."

"Och varför är det farligt för Sofia?"

"För den bilden hade gett oss ett sätt att bevisa att det var någon annan än Sofia som hade åkt på Interrail-resan i maj."

Stefan Rundberg skruvade nervöst på sig på sin stol. Det var uppenbart att polismannen borde veta hur det var möjligt, men svaret skulle inte presenteras åt honom innan han hade blivit tvungen att be mig ge förklaringen. Jag gav honom svaret utan att han behövde tigga.

"Bosnien-Hercegovina hör inte till EU. Alla andra länder, som "Sofia" besökte under sin Interrail-resa, hör till EU."

"Aha", sade Stefan triumferande. "För att komma till Mostar måste man visa upp sitt pass vid gränsen!"

"Precis", sade jag. "Det var det enda stället under resan, där ett pass överhuvudtaget behövdes. Och den rutten blev inte ens nedtecknad i Interrail-häftet, för den utflykten gjordes med buss!"

"Det är till och med möjligt att Sofias dubbelgångare inte hade planerat Mostar-utflykten på förhand. Sofia visste inte om avvikelsen i rutten och hon blev tvungen att snabbt avlägsna bilderna från sitt Internet-konto, när de dök upp där av sig självt."

"Alldeles", sade jag. "Och det är här som du kommer in, Stefan."

"Polisens insatser behövs för att få uppgifter från de bosniska gränsmyndigheterna. Jag kan be Europol ställa den formella förfrågningen."

"Vi behöver namnen på alla de finländska kvinnor, som har korsat den bosniska gränsen vid någon av de södra övergångarna", sade jag. "Det gäller rutterna till och från Split och Dubrovnik mot Mostar antingen den 7:e eller 8:e maj. Något av dessa namn tillhör Sofias dubbelgångare. Det är jag övertygad om."

"Det finns bara ett minus", sade Stefan bistert.

"Och vad är det?" frågade jag med sjunkande mod.

"Svaret på sådana förfrågningar brukar ta minst en vecka i anspråk", sade Stefan. "Även som brådskande ärende tar det minst några dagar. Och vi har inte så mycket tid på oss längre."

Klockan ovanför dörröppningen till Stefans bås tickade obarmhärtigt. Hur jag än stirrade på den, saktade visaren inte in. Vi behövde desperat en reservplan.

"Kan vi inte övertyga, eller snarare tvinga, boförrättaren att hålla tillbaka arvets utbetalning med hjälp av dessa nya uppgifter?" frågade jag olyckligt.

"Även om din teori låter trovärdig, är den formellt ändå bara en spekulation", sade Stefan. "Boförrättaren kan inte neka Sofia hennes lagliga rätt till arvet på grund av spekulationer. Det behövs konkreta bevis eller ett erkännande för att åklagaren skall väcka ett åtal mot Sofia, och det är bara med dessa åtgärder som förrättningsmannen kan avstå från att slutföra sitt uppdrag. Attes alla depositioner och fonder är redan inlösta och slutsumman väntar på kontotransaktionen."

"Kan man inte ta in Sofia för förhör i väntan på att de bosniska myndigheterna levererar sitt svar?"

"Nej", sade Stefan och jag förstod nog själv också att ett förhör inte kunde ta flera dagar.

"Vi har ett dygn på oss", sade jag fundersamt. "Om vi hittade dubbelgångaren innan den bosniska polisen bekräftar att den flickan har varit i trakten?"

"Det skulle absolut hjälpa", sade Stefan. "Det skulle kanske till och med tvinga fram ett erkännande av Sofia, för dubbelgångaren vore ett verkligt starkt bevis mot henne."

"Vem kan det vara?" Jag försökte tvinga mina hjärnceller att arbeta på högvarv. "Du sade att det inte är någon nära släkting till Sofia."

"Precis, vi har undersökt dem alla", sade Stefan. "Det måste vara en främmande flicka."

"Sofia har alltså anlitat en främmande flicka att fungera som sin dubbelgångare. Var skulle hon få tag på en ung flicka, som kan avvara en månad till en resa?"

"En ung flicka, som antagligen får betalt för att resa enligt en på förhand utarbetad rutt och enligt strikta tidtabeller?"

"En ung flicka, som inte frågar särskilt mycket även om uppdraget är sannerligen lite konstigt?"

"En ung flicka, som dock är intelligent att klara sig på egen hand ute i Europa och kanske till och med klara av problemlösningar för att behålla rutten och tidtabellerna?"

"En studerande", utbrast jag, när jag började känna igen mönstret. Om någon hade bett mig att åka på en kostnadsfri Interrail och dessutom få betalt för det, skulle jag för 20 år sedan ha gjort det. Och utan att fråga besvärliga frågor om resans syfte. "Sofias" Interrail-resa innefattade dessutom övernattningar, som hade betalats på förhand. Som fattig, fri och ledig studerande skulle jag till och med ha gått med på att resa med en annan

148

människas Interrail-biljett, eftersom den aldrig jämfördes med identitetshandlingar. I hotellreceptionen skulle Sofias dubbelgångare dock alltid vara tvungen att uppge Sofias namn vid incheckningen, och det kunde kanske kännas fel. Men i varje fall kändes det som om Sofia hade närmat sig någon studerande, när hon ville anlita någon att resa i hennes ställe.

"Frågan är, i vilken studieinrättning skall vi leta efter Sofias dubbelgångare?" frågade Stefan. "Och hur skall vi hitta henne nu i augusti, när de knappast tillbringar tid i universitetskvarteren?"

"Det är faktiskt som att leta efter en nål i en höstack", sade jag fundersamt. "Har polisen tillgång till studerandenas fotografibank? Jag menar studentkårernas databas, varifrån det skapas studiekort? De, som studerandena använder för att få studierabatter?"

"Det är möjligt", sade Stefan. "Jag måste fråga Nettan om vi kunde få tillgång till det. Men även om vi fick tag på det, skulle det ske tidigast imorgon och då har vi bara den dagen på oss att leta genom bilderna."

"Det är bättre än ingenting", sade jag förhoppningsfullt.

"Jag minns att Sofia sade en gång att hon hade gått en sköterskeskola i Åbo", påpekade Stefan. "Det kunde kanske betyda att det vore naturligast för henne att besöka Åbo i jakten på en dubbelgångare?"

"Jag kunde gå till Åbos universitetsområde med Sofias fotografi och fråga förbipasserande om hon ser bekant ut."

"Det låter klokt", sade Stefan. "Eller har du några andra planer imorgon, den sista dagen innan arvet betalas ut?"

"Nej, jag har inga bättre idéer", sade jag. "Men kanske du kan undersöka möjligheterna med studentkårens fotodatabas samt Europols Bosnien-kontakter imorgon, medan jag är i Åbo?"

"Det låter som en bra plan", sade Stefan medan han steg upp från sitt arbetsbord för att åka hem. "Om vi hittar dubbelgångaren imorgon, får vi nog henne att tala. Och med de utlåtandena hinner vi kanske hindra förrättningsmannen att göra penningöverföringen till Sofia. Han kommer nämligen att göra det strax innan banken stänger imorgon."

När jag steg upp från stolen, kände jag hur benen darrade av spänning. En huvudvärk började göra sig till känna någonstans långt inne i hjärnan. Värken dunkade som en klockas tickande. Men till skillnad från en klockas visare, som bara går runt, runt och runt, hade min hjärna startat en nedräkning. Den hade hittat något att sikta på, och det förde med sig en värk. Och det lidandet skulle troligtvis fortsätta i många timmar ännu innan nedräkningen hade nått noll.

KAPITEL 12

Tisdag

Sex timmar till arvets utbetalning

Och så kom jag till Åbo igen. Staden, där jag hade bott som studerande i fem år under min ungdom. Staden, som hade bakat mig till en statsvetare även om jag aldrig har fått arbeta som statens sakkunnig. Staden, dit jag hade återvänt för några månader sedan efter alla dessa år.

Nu var jag en arbetslös man som närmade sig medelåldern och jag letade efter en ung flicka. Det måste låta snuskigt, men det var inte första gången. Förra våren hade jag kommit till Åbo för att leta efter sanningen kring en annan ung flicka. Eller snarare hennes död. Den gången hade det gällt en forskare vid Åbo Akademi, universitetet där jag själv hade studerat i tiderna. Därför kändes det naturligt att börja sökandet efter Sofias dubbelgångare i Åbo Akademi.

Det luktade illa vid Biskopsgatan för lindarna avsöndrade något konstigt ämne i parken. Tidningarna hade skrivit om det, och parkskötarna sade att det var naturligt i augusti. Jag parkerade pappas bil i en ruta, som inte stod under en klibbig lind. Min väska innehöll ett tiotal fotografier av Sofia Strömstam både som blond och med den svarta peruken. Mitt enda hopp var att någon skulle känna igen henne och leda mig på rätt spår.

Föregående kväll hade jag skickat de två bilderna av Sofia Strömstam med e-post till Linnea Flytmarsch. Det var flickan från Fiskars, som hade förlovat sig med Axel Nordsund, och paret som jag hade träffat hos Antero Grönström några dagar tidigare. Efter utredningarna föregående vår visste jag att Linnea studerade vid Åbo Akademi, och jag undrade om hon kände igen Sofia. Linnea hade svarat att kvinnan såg bekant ut, men hon kunde inte säga om den blonda Sofia eller den svarthåriga Sofia såg mera bekant ut. Linnea förknippade flickan dock med Akademin på något sätt. Den uppgiften räckte åt mig. Därför ville jag börja undersökningarna i de svenskspråkiga universitetskvarteren.

Skarvarna mellan kullerstenarna hade fyllts med björkfrön och dessa var fortfarande våta efter de senaste dagarnas regn. Även om asfalten hade torkat, kändes varje steg på kullerstenarna som en promenad i ett vått kärr. Jag var på väg till studentrestaurangen Gadolinia, där sannolikheten var störst att hitta många studerande på ett och samma ställe.

Solen glimtade fram mellan de tunga molnen och fick de våta trädlöven att glittra som bländande laserstrålar. Samtidigt blinkade mobiltelefonen i min hand och jag såg att Levi Strömstam försökte nå mig.

"Jonne", sade jag med mitt smeknamn för att försöka blidka min tillfälliga arbetsgivare. Det var uppenbart att han var otålig och att han såg arvet slinka mellan sina fingrar.

"Var är du?" fräste den unge mannen i mitt öra.

"I Åbo", sade jag. "Jag letar efter Sofias dubbelgångare."

"Vad? Vem?" exploderade Levi. "Äsch, du menar förstås den flicka som reste på Interrail medan Sofia egentligen väntade i stugan, ruvande på rätt tillfälle att åka till Lappkulla för att mörda min farbror."

"Just hon, ja."

"Men varför letar du efter henne i Åbo?"

"Jag antar att det är en studerande, som Sofia har anlitat. Eftersom Sofia själv har studerat i Åbo, ligger det nära till hands att hon har åkt till Åbo för att leta efter en lämplig dubbelgångare. Det är passligt långt borta, och dubbelgångaren ifråga skulle inte känna till förhållandena i västra Nyland. Eller överhuvudtaget kunna ta reda på besvärliga sanningar om uppdragsgivaren och Strömstams."

"Bra tänkt", erkände Levi. "Men du är väl medveten om att förrättningsmannen åker om några timmar till banken för att betala arvet till Sofias konto."

"Jo, jag är nog medveten om det. Vi vinner dock en dags tid, eftersom pengarna anländer till Sofias konto tidigast imorgon bitti. Om du och jag och Stefan träffas ikväll, hinner vi ännu smida ihop en plan för att förhindra att pengarna försvinner någonstans."

"Jag hoppas att du har rätt", sade Levi surt.

"Har du märkt att Sofia skulle förbereda något stort? Att hon skulle resa iväg med pengarna? Fly från landet? Flyttbilar på Lappkulla?"

"Nej, ingenting", erkände Levi. "Hon pysslar med något i trädgården precis som under vilken dag som helst."

"Det kan bara betyda att hon inte tänker åka iväg med pengarna i samma ögonblick som de dyker upp på hennes konto", sade jag med en lättad röst.

"Jag hoppas att du har rätt", upprepade Levi och lade på luren.

Jag hoppades också att jag hade rätt. Det kändes som om jag förbisåg något viktigt. Vad skulle jag göra om jag hade mördat någon och väntade på de pengar som fanns att tjäna på dådet? Skulle jag springa iväg med pengarna eller skulle jag stanna? Inget verkade alarmera Sofia om att jag var henne på spåren, så kanske hon inte såg någon orsak att göra drastiska motdrag. Att hon kunde fortsätta med att spela oskyldig. Eller fanns det något som jag inte hade tagit i beaktande? Hur jag än försökte lugna mig själv, fortsatte nedräkningen i mitt huvud som en bultande huvudvärk. Eller var det den fuktiga sensommarvärmen som spelade mig ett spratt? Rötmånaden?

Skuggan av Åbo domkyrka kändes behagligt sval, för hettan från den nyfunna solen började genast ånga upp regnfukten. De gamla universitetsbyggnaderna såg nymålade ut och de glänste gula i solskenet. Få studerande rörde sig i området, och jag började känna mig orolig om jag överhuvudtaget skulle hitta någon att visa fotografierna åt. Någon enstaka turist promenerade på väg mot Åbo centrum.

I Gadolinia var det dock full rulle. Eftersom de andra studentrestaurangerna höll sommarstängt, var Gadolinia mera populär än vanligt. Fiskpinnar i citronsås lät så pass intressant att även jag ville äta en ordentlig lunch. Medan jag åt, tittade jag på studerandena och försökte hitta på en bra plan att närma dem med mitt ärende.

Fyra bord från mig såg jag professor Nils Rotko, som jag hade intervjuat förra våren. Han tittade snabbt åt min riktning, men han tycktes inte lägga märke till mig. Det roade mig att han hade glömt mig, för hans specialområde var minnesstudier. Eller kanske han inte tittade så noggrant på mig för att jag var en man. Han hade ett skarpt öga för unga flickors skönhet. Han skulle nog känna igen en söt ung flicka som Sofia, men jag ville inte störa honom. Innan jag hade hunnit fundera närmare på att gå fram till honom, hade han stigit upp och gått iväg. Kanske jag borde slå till innan även studerandena gick iväg.

Ett bord med många äldre manliga studerande såg ut att vara lämpligt. Jag antog att män lade bättre märke till kvinnliga studerande. Det gjorde inget att de var äldre studerande, för jag antog att Sofias dubbelgångare var i 25-årsåldern likt hon själv. Det kunde bara betyda en studerande som inte var helt gulnäbb. Och det betydde också att Sofias dubbelgångare inte var helt beroende av grundkurserna, seminarierna och föreläsningarna, som skulle börja först i september. De äldre studerandena befann sig även i augusti i universitet såvida de inte jobbade någonstans. Så jag kände mig optimistisk när jag närmade bordet med de skrattande unga männen.

"Ursäkta mig", sade jag vänligt. "Det är ytterst viktigt att jag hittar denna flicka. Hon är antingen blond eller svarthårig enligt de här två bilderna."

De unga männen tittade på bilderna med stort intresse, och sedan riktade de intresset mot mig.

"Vad vill du av henne?" frågade en rödhårig man, som tittade på mig från topp till tå. Det kändes som om han hade poängterat min ålder. Vad kunde en man i min ålder möjligen vilja ha av en ung flicka som den på bilden?

"Jag kan tyvärr inte säga", sade jag ärligt. "Men hon är inte i knipa eller något. Jag vill bara tala med henne för hon kan hjälpa en vän till mig."

"Du vet inte namnet?" frågade en man med akneproblem.

"Nej, tyvärr. Ser hon bekant ut?"

"Nej."

Jag tittade på den rödhårige, som även han skakade på huvudet.

"Jag gillar henne bättre som svarthårig", sade en man klädd i kostym och slips.

"Är du galen?" utbrast en annan pojke, som var klädd i gul overall. "Blonda skall de vara."

Jag tackade och med en dämpad suck gick jag till ett annat bord. Även där var Sofias dubbelgångare okänd, men de unga männen började fundera varför hon såg olika ut på de olika fotografierna. De undrade om hon brukade syssla med rollspel. Och att hon såg ut som en Lady Domina med svart peruk.

Jag gick till ett tredje bord utan att ge mig in på att försöka förklara vilket rollspel Sofia Strömstams dubbelgångare verkligen hade gett sig in på.

Vid det fjärde bordet blev det napp. En ung kvinna tittade först på mina kläder med en kräsen blick, sedan studerade hon den svarthåriga Sofias kläder och sedan den blonda Sofias kläder. Den modemedvetna kvinnan sade att den svarthåriga Sofias kläder inte passade in på helheten. Jag försökte förklara att det inte var väsentligt, men den unga kvinnan sade att det nog är väsentligt för en modemedveten iakttagare som hon. När jag frågade om hon någonsin hade iakttagit en kvinna som den på bilden, tittade hon för första gången noggrant på ansiktet.

"Det ser ut som Pia Aarnio", sade den modemedvetna kvinnan fundersamt. "Hon läser tyska på samma kurs som jag."

Tyska. Det kunde passa in på Sofias Interrails destinationer i Tyskland och Östeuropa.

"Nej, det kan inte vara Pia Aarnio", fortsatte den unga kvinnan och mitt hopp svalnade. "Pia brukar inte klä sig så väl som den här kvinnan gör."

"Vet du något om Pia?" frågade jag förhoppningsfullt, för Pias klädsel hade inte varit av betydelse när Sofia hade gjort sitt val till sin dubbelgångare.

"Hon kan bättre tyska än jag", föreslog den modemedvetna kvinnan. "Eller vad vill du veta?"

"Var kan hon vara för tillfället?"

"Aj, det. Hon finns på den plats där det allra värsta lantliga modet florerar. Den platsen vill jag undvika till varje pris."

"Var då?" frågade jag hätskt och min första tanke gick till jordbruk, någon avlägsen by eller någon förort.

"Åbo torg, förstås. Där säljer hon grönsaker. I sina sedvanliga kläder."

Jag steg upp från bordet med en sådan fart att den unga kvinnan nästan spillde sitt kaffe på sina moderiktiga kläder. Ett dämpat "tack" flög från min mun samtidigt som jag tog långa steg mot ytterdörren. Studerandena vid de tre tidigare borden följde min varje rörelse, och deras ögon tindrade av skvallerbehov, när jag rusade ut genom dörren. Jag tog för givet att den modemedvetna flickans informationer skulle mjölkas av de andra studerandena om och om igen.

Några minuter senare gick jag raskt över Domkyrkobron och längs Slottsgatan mot det gamla biblioteket. Därifrån skulle det vara endast några kvarter till torget. Aura å såg lika grön ut som tidigare och jag mindes min bestörthet när min cykel en gång hade trillat ned i ån. Jag behöver knappast påpeka att alkohol var inblandad i den episoden, men lyckligtvis hade jag själv inte fallit i det gröna, slemmiga vattnet.

Vid Brahegatan märkte jag att jag badade i svett under den brännande augustisolen, men jag var nära mitt mål. Från Eriksgatan skymtade redan Salutorget med dess tiotal torgstånd. Jag hoppades att Sofias dubbelgångare skulle finnas i ett av dem.

Torgbesökarna var klädda i färggranna sommarkläder. Det var blåa blusar, röda shorts och vita sandaler. Jag undrade vad den moderiktiga flickan i Gadolinia hade emot färger. Tillsammans med de färggranna parasollerna och granna bär, frukter och grönsaker, var färgkavalkaden bländande. Dofterna var ännu mera bedövande. Jag kände doften av dill, nybakade bullar, rökt fisk, jordgubbar och glass. Min blick flackade över försäljarna. Det fanns äldre män med rosiga kinder, äldre damer med estnisk brytning, yngre män med blixtrande leenden och yngre kvinnor med leriga fingertoppar vid enorma lådor med sommarpotatis. Alla ville sälja något. Hur mycket skulle jag betala för att få Sofia Strömstams dubbelgångare framför mig?

När jag hade sprungit runt Salutorget två gånger höll jag på att ge upp. Skulle jag bli tvungen att gå tillbaka till studentkvarteren för att ställa mera frågor om fotografierna? Jag torkade svetten från pannan och önskade att jag skulle få dra min t-skjorta över huvudet och torka svetten från ryggen också. En liten flicka med en glass i sin hand såg ut som om hon ville ge mig sin svalkande läckerhet så att jag skulle må bättre.

Och det var i torgståndet bakom glassflickan som jag såg Sofia Strömstam. Även om det inte var hon. Flickans leende nådde ända upp till öronen, då hon fick betalning för en stor påse med sommarärter. Leendet såg konstigt ut, för jag hade aldrig sett Sofia Strömstams stela ansikte bryta ut i något som helst känsloutbrott. Försäljerskan hade brunt hår, och det var flätat, men annars såg hon ut som Sofia. Hennes ansikte var inte lika blekt som Sofias och hennes ögon var bruna, men ansiktsformen var precis som Sofias. Hårfästet, öronen, näsan, hakan, allt fick henne att likna Atte Strömstams fru.

Hade jag kommit till vägs ände? Om en timme skulle bankerna stängas, men det kändes som om det inte betydde något nu. Om flickan framför mig hade varit på Interrail i maj, hade vi fått fast Sofia Strömstam. Det var ingen tvekan om det. Och i det fallet skulle vi nog lyckas hindra henne från att använda Attes arv.

"Pia Aarnio?" frågade jag förväntansfullt och jag kände hur flickans ögon fokuserades på mig. Kändes det lika obehagligt som när Sofia Strömstam hade tittat på mig med sina iskalla ögon i hennes trädgård på Lappkulla?

"Ja", svarade Pia. "Vem frågar?"

"Jonas Österfelt. Jag skulle ha några frågor beroende på om du känner igen ett namn eller inte."

"Vilket namn då?"

"Sofia Strömstam."

Skräck speglades i de bruna ögonen. Namnet var bekant. Jag hade hittat henne.

"Är jag i knipa?"

"Jag tror inte det, men det är ytterst viktigt att du hjälper oss så gott du kan."

"Jag visste det. Jag borde ha anat att erbjudandet var för bra för att vara sant, men jag hoppas ändå att jag inte har ställt till med något allvarligt."

"Du var alltså på Interrail i maj? Och du använde namnet Sofia Strömstam?"

"Ja."

I samma ögonblick dök en fiskmås efter den lilla flickans glass och flög iväg med sitt byte. Den lilla flickan började stortjuta.

KAPITEL 13

Tisdag

Tre timmar efter arvets utbetalning

Fjorton timmar tills pengarna anländer till Sofias bankkonto

Trött men lycklig. Jag hade lyckats med mitt uppdrag! De tankarna fyllde mina sinnen, när jag körde längs Östra Strandgatan till mina föräldrars hus. Pappas bil hade plikttroget transporterat mig till och från Åbo, och det var dags att fira kvällen.

Ekenäs såg lika sömnig ut som alltid tidigare. Sommarens tillfälliga människomyller höll på att avta, då skolorna hade börjat och semesterfirarnas antal minskat. Trots det kändes det fallande kvällsmörkret ännu som sommar, för det var en varm kväll. När jag steg ur bilen, hörde jag en gräshoppa, som hade irrat sig till stadsmiljön. Dess visslande ljud gjorde mig belåten, för jag hade läst någonstans att män i min ålder sällan hörde gräshoppornas ljudfrekvenser längre.

Trots att kvällen närmade sig med stormsteg hade jag fortfarande massvis att göra. Jag hade ringt ett preliminärt samtal till Stefan Rundberg att jag hade hittat Pia Aarnio, Sofias dubbelgångare, och att jag hade viktiga utlåtanden att dela med mig. Stefan hade föreslagit att Levi, han och jag skulle träffas ännu samma kväll för att höra detaljerna och fundera vilket vårt nästa steg skulle bli. Något måste göras snabbt, eftersom Sofia skulle få tillgång till pengarna följande dag. Stefan hade ringt Ekenäs Folkbank, där Sofia hade sitt konto, för att diskutera olika möjligheter. De hade bekräftat att medel av dessa slag skulle finnas på kontot klockan 10 morgonen efter att de hade skickats från en annan bank. Jag hade lovat att ringa Stefan igen så fort jag hade anlänt till Ekenäs.

När jag gick på trottoaren till mina föräldrars hus, kollade jag mobiltelefonen. Den hade varit kopplat till ljudlöst läge medan jag körde. Levi hade ringt mig sju gånger under den senaste timmen och ett textmeddelande krävde att han skulle få svar på var vi befann oss i utredningarna. Hans följande textmeddelande berättade att han hade fått ett telefonsamtal av Stefan och att Levi väntade med intresse vad jag hade att leverera.

Mina föräldrars hus såg annorlunda ut. En främmande bil stod parkerad vid gatan en bit från huset, men det var något annat. Huset såg främmande ut, som om det inte tillhörde mina föräldrar längre. Jag stannade upp på trappan till ytterdörren och tittade omkring mig. Grannfrun Brita stod i sitt fönster och tittade mot mig med en allvarlig min. Hon backade bort från fönstret när min blick mötte hennes. En annan granne, trädgårdsmästaren Karlsson, stod vid ett oxelträd och tittade fundersamt på mig över den låga granhäcken mellan tomterna. Han nickade förläget åt mitt håll.

När jag öppnade dörren, stod en främmande äldre kvinna i tamburen. Hon höll en bilnyckel i sin hand och jag antog att den främmande bilen tillhörde henne. Bredvid kvinnan stod mamma och hon såg skrämmande rödgråten och allvarlig ut.

"Jag är Ebba Malmgren", sade kvinnan och räckte mig sin hand. "Diakonissa. Jag skall gå nu. Jag har hållit din mamma sällskap tills du anlände."

Innan jag hann säga mitt namn hade kvinnan försvunnit genom ytterdörren. Mamma stod kvar och hon tittade på mig med en vilsen blick. Jag förstod varför mina föräldrars hus såg annorlunda ut. Det var annorlunda. En viktig del av huset hade försvunnit för alltid och skulle aldrig återkomma. Trots det vägrade jag tro på det.

"Pappa är död", sade mamma och det kändes svårt att höra orden. Hennes pappa hade ju varit död sedan årtionden. Hon behövde väl inte använda de ord, som jag förväntades använda? Det var ju hennes make som var död, inte hennes pappa.

"Diakonissan?"

"Hon var vänlig nog att komma från församlingen för att hålla mig sällskap."

"Han är väl inte begraven ännu?"

"Naturligtvis inte. Varför tror du det?"

"Församlingen sköter ju begravningar. De behöver väl inte omedelbart skicka hit sin personal?"

"Vad pratar du om?" Mamma suckade djupt och jag vet inte om det var av trötthet, sorg eller oro. "Kom och sätt dig nu."

Min mobiltelefon blinkade i min hand och jag såg att det var Levi igen. Det var en omöjlig tanke att jag skulle ta itu med fallet Sofia Strömstam just nu. Förvirrad tittade jag på telefonen, som fortfarande var i ljudlöst läge, och sedan på mamma som i sin tur tittade både på mig och telefonen. Apatiskt lät jag henne ta telefonen från min hand och jag såg henne lägga den på tamburbordet. Jag lät henne leda mig till vardagsrummet och jag satte mig i soffan utan att ha tagit av mig skorna.

"När?" frågade jag även om jag visste att det hade skett under dagens lopp. Ännu på morgonen hade allt varit normalt. Eller hur normalt man än kunde kalla en dreglande grönsak, som gungade fram och tillbaka i sin rullstol med en blick någonstans i främmande, bättre världar.

"Jag tittade på honom klockan 10 och då andades han inte", svarade mamma med en bruten röst. "Tjugo minuter tidigare var han precis som under andra dagar."

"Har polisen förhört dig redan?" frågade jag ynkligt.

"Nej, naturligtvis inte", svarade mamma med en rynkad panna. "Det finns ingen orsak till det. Och de vill förstås vara finkänsliga."

"Ingen orsak? Naturligtvis finns det orsak. Om du kopplade bort hans respirator för några minuter, är det ju klart att polisen vill reda ut det."

Jag märkte att jag stötte ut orden med en hätsk intensitet. Var det av oro för hennes välbefinnande? Pappas välbefinnande? Mitt välbefinnande? Grannarnas välbefinnande?

"Vad pratar du om, Jonas? Pappa var aldrig kopplad till någon respirator."

Det snurrade runt i mitt huvud och huvudvärken gjorde sig tillkänna igen. Det måste vara augustihettan. Respirator. Atte Strömstam. Ingen respirator. Pappa. Jag var tvungen att samla mig. Det kändes som om allt höll på att falla på mig: Levis krävande telefonsamtal, Stefans polisarrangemang, Sofia Strömstams iskalla ansikte, Pia Aarnios leende ansikte, pappas oseende blick, mammas härjade men orofyllda blick, mina barndomskamrater i Fiskars, min arbetslöshet, allt som var gjort och allt som var ogjort, och den förbannade nedräkningen. Mot allas vår ofrånkomliga död. Men jag fick inte låta det ta över mig. Jag måste samla mig och hålla huvudet kallt. Allt skulle nog gå bra. Det måste bli bra.

"Mamma, jag är bara så orolig", sade jag och försökte fokusera min blick i hennes sorgfyllda ansikte. "Gjorde du något?"

"Vad pratar du om?" upprepade hon. "Naturligtvis inte."

Jag undrade för mig själv om mamma någonsin hade ljugit för mig. Naturligtvis. Många gånger. Till exempel när jag var liten: hon hade sagt att julgubben brukar komma genom skorstenen på julaftonen. När jag hade påpekat att vi inte hade någon skorsten i vårt dåvarande hus i Fiskars, hade hon sagt att julgubben landar med sin Rudolf-ren och en flygande kälke på vårt hus tak. Och jag hade trott henne. Naturligtvis kunde mamma ljuga.

"Men du lät förstå att pappa skulle ha önskat att han inte skulle behöva befinna sig i den situation som han var i."

"Det är sant. Han har det säkert mycket bättre nu än under de senaste tre förskräckliga sommarmånaderna."

"Men gjorde du något så att han skulle komma snabbare till denna bättre tillvaro?"

Det snurrade i mitt huvud igen. Det kunde inte vara sant. Det här var en diskussion, som ingen skulle behöva föra. Det var en omöjlig diskussion. Och var jag säker på att jag ville veta svaret på mina frågor? Vad skulle bli annorlunda om jag fick ett tillfredsställande svar på alla mina frågor i livet? Eller ett svar på alla mina utredningar?

"Jag sade redan för en vecka sedan att du inte skall tänka på den saken längre. Det lönar sig inte."

"Men gjorde du det?"

"Nej."

"Är det säkert?"

"Du behöver inte ta rollen som en polis, Jonas. Du behöver inte leka privatdetektiv med mig. Det här är det verkliga livet."

Mammas röst var skarp och jag reste mig från soffan. Av ilska. Av oro. Hur vågade hon? Efter alla mina år som arbetslös, hade hon mage att kalla min nyfunna sysselsättning som en privatdetektiv för en lek? Även om jag var en icke auktoriserad detektiv? Hur kunde hon predika för mig vad det verkliga livet går ut på?

Jag satte mig i soffan igen och samlade mina tankar med slutna ögon. Jag måste fokusera mig. Jag fick inte gå in på det sidospår som hon hade serverat mig. Det var inte fråga om min yrkesstolthet eller överhuvudtaget om mig. Även om jag var sårad och även om jag sörjde, måste jag ta henne i beaktande. Hon hade förlorat sin make och sin livskamrat. Hon var ensam. Men det var hon ju inte! Hon hade ju mig.

"Mamma, varför sade du att det inte lönar sig att tänka på saken längre?"

"Det är hans välbefinnande det var fråga om. Inte min. Och inte din. Det var hans liv. Och vi var verktyg som hade makt att fullfölja hans vilja."

"Så du gjorde något?"

"Nej."

Hennes blick var lika stadig som när hon hade ljugit om julgubben. Men den här gången var det annorlunda. Jag var övertygad om att hon aldrig skulle erkänna att hon hade ljugit denna gång. Inte på samma sätt som när hon hade erkänt några år senare att julgubben egentligen inte fanns. Den här gången skulle sanningen inte komma fram. För det lönar sig inte. Vad hon än menade med det.

"Okay", sade jag. "Då får jag lov att stå vid din sida. Vi skall nog klara av det här tillsammans."

Det började glänsa i hennes ögon. Den rödgråtna randen kring hennes ögon blev grannare igen. Men hon sade ingenting. Luften i vardagsrummet var kvalmig och tät. Jag ville öppna fönstret, men då skulle vår diskussion säkert höras till grannarna. De som hade stirrat.

"Vad skall grannarna säga?" frågade jag. För ännu några månader sedan hade den frågan varit det viktigaste i mammas liv. Och den hade uppstått, då hon själv hade varit traktens främsta skvallertant.

"Skit samma", sade hon allvarligt och jag kände hur det ryckte i min mungipa. "Det lönar sig inte."

"Det är något att sikta på", svarade jag allvetande.

Mamma satte sig vid min sida på soffan och vi höll om varandra. En stund var vi alldeles tysta. Väggklockan tickade och jag tänkte på alla mina brådskande angelägenheter. De fick vänta. Det här var viktigare. Allas vår nedräkning hade börjat genast när vi föddes, och det berikade inte vårt liv att vi följde nedräkningens framfart. Det var vår uppgift att fylla vår begränsade tid med en härlig tillvaro. Det lönade sig inte att bekymra sig om vilken den objektivt rätta tidsrymden för ett liv kunde vara.

"Han helt enkelt bara slutade andas?" frågade jag efter en stund.

"Ja, min förstahjälp fungerade inte, och ambulansmännen kunde inte heller uppliva honom."

"De förklarade honom död här?"

"Precis, han fördes inte till sjukhuset, så jag behövde inte följa med. Han fördes till obduktion."

"Kommer de att hitta något i obduktionen?"

"Naturligtvis inte. Inte de där frågorna igen, Jonas."

"Har du ringt Gitta?"

"Nej, inte ännu. Jag tänkte att vi kunde göra det tillsammans."

"Det låter bra."

"Det blir svårt för henne."

"Det är tungt för oss alla", sade jag uppriktigt. "Men du har kanske rätt. Det hade kanske varit tyngre, om det hade fortsatt."

"Han har det bra nu."

"Polisen då? Har de frågat något redan om pappas sista timmar?"

"Nej. Ambulansmännen sade att polisen kommer att kontakta mig, eller oss, imorgon."

"Kommer frågorna att oroa dig?"

"Nej, jag säger som det är."

"Du utsätter väl dig inte för någon fara?"

"Nej, naturligtvis inte. Jag klarar mig nog."

Inom mig kände jag en stigande oro för att mamma ville åka fast. Att hon ville sona sitt brott, och att hon därför inte kände sig orolig för sitt öde. Men jag hade inget val. Jag måste lita på henne. Den nyblivna änkan skulle bära sitt ansvar på det sätt som hon ville. Det var hennes liv och hennes val. Precis som pappa hade haft önskemål om sitt livs slutända.

Väggklockan klämtade och jag såg med fasa hur min ljudlösa mobiltelefon blinkade igen.

"Mamma, jag kommer inte att kunna vara här imorgon, när polisen kommer på besök. Jag måste vara i Hangö och det finns inget alternativ, vad som än händer. En massa hänger på att jag finns på plats just då. Egentligen borde jag ha varit på plats redan ikväll, men jag kan inte åka just nu."

"Det är helt okay", svarade mamma. "Gitta har säkert kommit hit vid det laget."

Det var sant. Gitta skulle säkert komma antingen med eller utan barnen. Kanske barnen skulle ge oss den livskraft som vi behövde just nu. De var ett tecken på att livet går vidare och de hämtade med sig en nyfunnen glädje. Den optimism som annars kändes som om den vore utpumpad ur våra system efter förlusten av pappa. Eller så valde Gitta att låta barnen stanna hemma för att de inte skulle behöva möta den sorgliga världen.

Jag gick till gästrummet för att göra mitt viktiga telefonsamtal. Det kändes lättare att ringa upp Stefan, och jag skulle be honom ringa Levi med en förklaring. Stefan var säkert van vid att saker inte alltid går som planerat, och sällan enligt den optimala lösningen. Han skulle hitta ett sätt att rädda situationen. Strömstams arv var inte förlorat ännu och det fanns säkert nödlösningar att ta till.

I samma ögonblick gick kalla kårar längs min ryggrad. Tänk om det var polismannen Stefan Rundberg som fick i uppdrag att forska i pappas död?

KAPITEL 14

Onsdag

Sexton timmar efter arvets utbetalning

En timme tills pengarna anländer till Sofias bankkonto

Vi närmade oss Lappkulla och spänningen var påtaglig. Jag satt i baksätet på polisbilen, som kördes av Stefan Rundberg. Bredvid honom satt hans förman, Nettan Larsson, som Stefan hade alarmerat föregående kväll. Situationen hade börjat bränna, och Nettan behövdes för att få en större auktoritet och med större ansvar inblandad. Jag hade berättat om min diskussion med Pia Aarnio åt Stefan, som hade berättat hela historien åt Nettan. Hon var övertygad om att det skulle bli en anhållning under de närmaste timmarna, så både hon och Stefan hade klätt sig i formella polisuniformer.

Innan anhållningen skulle vi dock försöka få Sofia att tala. Om Sofia medgav sin skuld, skulle det vara lättare att få hennes konto fryst. Utan en bekännelse skulle det ta en lite längre tid att få en formell häktningsorder av åklagaren. Även i det fallet hade vi makt att hålla Sofia borta från sitt bankkonto. Hon skulle inte få en konkret tillgång till de miljoner, som under morgonen förväntades dyka upp på hennes konto. I varje fall hade pengarna redan lämnat dödsboets förrättningsmans tillfälliga konto, dit Attes medel hade samlats efter att alla depositioner och fondandelar hade lösts in.

Nettan tittade bakåt och frågade om jag verkligen ville vara med i Lappkulla. Hon hade hört om min pappas bortgång och poliskvinnan tittade fundersamt på mina rödgråtna ögon. Hon försäkrade att Kalle, en polisman, skulle ställa de formella frågorna till min mamma på ett finkänsligt sätt. Nettan undrade om jag trots allt inte ville vara hemma hos min mamma när polisen kom, men hon lugnade sig när jag försäkrade att Gitta skulle vara på plats.

Sofia skulle bli överraskad av vårt besök under den tidiga morgonen. Stefan hade ringt upp Levi, som hade bekräftat att Sofia verkligen var i Lappkulla. Levi ville själv naturligtvis också vara närvarande under sitt stora ögonblick, då Sofia fördes bort. Därefter fick han i lugn och ro fick vänta på sitt kommande arv.

Nettan mumlade något om att Sofias försvarsadvokat säkert skulle lägga märke till att jag inte var en auktoriserad privatdetektiv. Allt jag hade undersökt skulle ifrågasättas. Vi hade ändå kommit överens om att jag skulle få ställa några detaljerade frågor som hade dykt upp efter min diskussion med Pia Aarnio i Åbo. Nettan hade också kontaktat Åbo-polisen att de skulle ta in Pia Aarnio för formella förhör, för hennes officiella uttalanden skulle användas när det byggdes upp ett åtal mot Sofia.

Medan Stefan körde över Hangö udd, finslipade han planerna med Nettan. Inget fick gå på tok under de närmaste timmarna. Jag satt som i en dimma, där jag dels nickade och dels medgav allt som de föreslog att vi skulle göra. Morgondimman utanför bilen såg ut att innehålla tusentals bilder av pappa. Och tusentals bilder av Atte Strömstams ansikte, som jag hade sett på olika fotografier på Lappkulla.

Tänk om Sofia helt enkelt hade befriat Atte från likadana plågor som pappa hade haft? Tänk om hon hade fullföljt Attes önskan på samma sätt som mamma hade gjort? Tänk om jag höll på att göra mitt livs största misstag, då jag höll på att få Sofia fast för ett mord? Tänk om jag höll på att döma även mamma till ett fängelsestraff, om hennes brott var likadant som Sofias? Tänk om Sofia hade planerat och konspirerat in i minsta detalj, och ändå blivit fast? Hur lätt skulle i så fall mamma åka fast, eftersom hon inte kunde utveckla en lika utstuderad och komplicerad mordplan som Sofia hade kokat ihop?

Vi närmade oss badstranden varifrån man såg Lappkulla herrgård på andra sidan av havsviken. Vid vägrenen såg spindelnäten ut som gråa slöjor i morgondagget. Som om de vore sörjande änkor. De häftiga regnen hade spolat dammet och de flesta av spindelnäten från växterna och de glänste i morgondimman. De såg ändå inte särskilt fräscha ut längre, eftersom de oundvikligen hade blommat ut. De höll på att vissna lika snabbt som hösten närmade sig. De var bruna och slokade längs sandvägen. Jag hoppades att de hade haft ett behagligt, kort liv, och att de fick dö när de ville det. Innan de frös ihjäl i vinterns grepp.

"Är det därifrån som krukan föll på Atte?" frågade Nettan och pekade mot Lappkullas terrass på andra våningen.

"Ja, det där huset ger mig kalla kårar", muttrade Stefan, när vi körde upp på Lappkullas sandplan.

Levis och Sofias bilar stod bredvid varandra som om de vore ett gift par. Jag smålog åt den absurda tanken. Eller kanske det inte var så konstigt trots allt? Var gifta par benägna att stöta en kniv i varandras rygg, när den andra minst anade det? Jag försökte snabbt stöta bort pappas ansikte från mina sinnen igen. Mamma och han hade hunnit vara gifta i 32 år, innan...

Levi dök upp mellan pelarna med raska steg. Han tittade på mig med en förgrymmad min. Tydligen var han fortfarande sur över att han inte hade fått tag på mig föregående dag. Minen blomstrade dock snabbt upp när han såg de uniformsklädda Stefan och Nettan. De påminde honom om hans stora seger. Och eftersom jag oundvikligen hade något att göra med den stora framgången, ställde han sig välvilligt till mig. Jag tittade på klockan och förstod att pengarna skulle anlända till Sofias konto när som helst. Vi måste uppehålla henne så att hon inte kunde komma åt dem på något sätt. Vi hade kommit för att ta fast en kallblodig mörderska.

"Välkomna", sade Levi med en så sockersöt röst att det kändes nästan obehagligt.

Bakom honom kom Sofia gående i en ljusröd sommarblus och en lång, vit kjol av något tunt, mjukt material. Hennes ansikte var perfekt sminkat, stelt och blekt, som om hon hade varit vaken och gjort sina morgonsysslor för timtal sedan. Hennes långa, blonda hår nådde till skuldrorna och jag undrade om fantombilden med det svarta, korta håret verkligen hade sett realistisk ut. Men det gjorde ingen skillnad längre.

"Ni är här igen", sade den unga kvinnan med en teatralisk suck. "Och igen en ny utredare, ser jag."

"Nettan Larsson", sade Stefans förman utan att räcka Sofia sin hand. "Vi har några frågor som vi hoppas på att få ställa här och nu. Alternativt kan vi ställa dem på polisstationen."

"Behöver jag en advokat?" frågade Sofia med en road glimt i ögat.

"De behövs först efter en anhållning", svarade Nettan kort.

Levi kunde knappt hålla tillbaka ett förnöjt leende.

"Nåväl, kom in då", sade Sofia. "Men först vill jag tacka Österfelt för hans medverkan i att släkten Strömstams diamanter hittades efter att de hade varit försvunna i årtionden. Jag skall ta väl hand om dem."

Levis leende brast och en röd färg började stiga på hans unga kinder. Jag gick runt sprickan i förgårdens betong, där den fallande krukan hade krossats. Det kändes ofattbart att vi höll på att få fast den som var ansvarig för det kallblodiga dådet. Vi gick mellan pelarna in i herrgården och jag tog plikttroget av mig skorna i tamburen. Förläget såg jag Nettan och Stefan gå in i vardagsrummet med sina kängor på. Naturligtvis, jag hade aldrig sett poliser ta av sig kängorna när de besökte misstänktas hem. Vi satte oss på soffan eller fåtöljerna.

"Morgonkaffe?" frågade Sofia. "Det är så tidigt att jag knappt har hunnit dricka något själv. Eftersom jag inte väntade polisbesök, har jag inte reserverat några donitser åt er."

Allt hon sade lät provocerande. Det kändes retsamt att jag inte kunde tolka om hon verkligen menade det som en provokation eller inte. Hennes ansiktsuttryck avslöjade absolut ingenting.

"Vi behöver ingenting", sade Stefan kort och en pinsam tystnad följde.

"Jag har inte hunnit åka på Interrail sedan ni besökte mig förra gången", sade Sofia spydigt. "Det betyder förstås att ingen har blivit mördad under den senaste tiden."

"Har du varit frestad att mörda din medhjälpare?" slängde jag ur mig när jag inte stod ut mera. "Innan hon hinner tjalla allt hon vet åt oss?"

"Hon?" sade Sofia lugnt med kaffekoppens kant mot sina läppar.

"Ja, det är knappast en "han" som kan fungera som din dubbelgångare?" sade Stefan med blixtrande ögon. Nettan harklade sig och Stefan tystnade. Det var viktigt att allt gick rätt till nu.

Sofias kaffekopp klirrade när hon lade den på kaffeassietten. Det såg ut som om en spricka höll på att formas i sminket på hennes panna. Mina tankar gick till sprickan i betongen och krossade skallar. Hennes hand darrade lätt. Det var dags att leverera dödsstöten. Den ordduell, som jag hade startat med henne en vecka tidigare, skulle nå kulmen nu. Vår duell var över.

"Känner du Pia Aarnio, Sofia?" frågade jag med en så oskyldig röst som möjligt.

Sofia Strömstams underläpp öppnade sig och den åtstramade munnen särades. Hennes ögon flackade från mig till Levi, till Stefan och till Nettan och tillbaka till mig. Ögonen smalnade av överraskning och det såg ut som om hon gick på högvarv, där hon tyst kalkylerade nästa steg. Det fanns inget följande steg. Hon var i våra händer. Hon hade förlorat spelet.

"Hon reste i ditt ställe på Interrail så att du skulle få ett alibi för den tid, då Atte dog", sade jag lugnt. "Jag diskuterade med henne i Åbo igår."

Sofia sade ingenting. Hennes blåa ögon var fokuserade någonstans långt borta i en blick, som påminde mig om pappas blick under hans sista månader.

"Vi skulle väldigt gärna höra hela historien", fortsatte jag. "Och fylla i vissa luckor som vi inte har kunnat hitta lösningen till ännu."

Sofia sade fortfarande ingenting.

"Vill du att jag skall ringa advokaten nu?" frågade Levi skadeglatt även om det inte vore i hans intresse att göra det. Men han ville få ett utlopp för det hat som han hade byggt upp mot sin farbrors hustru under det senaste året.

Sofia sade ingenting. Hon hade slutit ögonen, likt en martyr som är beredd att ta emot vilket slag som än förväntades komma.

I samma ögonblick hördes en polkasång, och vi ryckte alla till av överraskning. När vi upptäckte att det var Sofias mobiltelefon, blev vi perplexa över det överraskande avbrytandet.

"Det är väl advokaten som ringer redan nu", sade Levi surt, medan Sofia tog apparaten och talade till den. Hon sade "Hej", när uppringaren hade sagt sitt namn och satt tyst en lång stund, medan hon lyssnade på ärendet.

"Vi måste anhålla henne snart", viskade Stefan. "Först därefter kan vi neka henne användning av mobiltelefon." Nettan nickade.

Sofias blick borrade genom mig utan att hon såg på mig. Det kändes som om hon förnekade min mindervärdiga existens. Trots att jag just hade levererat en stöt, som skulle förändra resten av hennes liv till det sämre, koncentrerade hon sig inte på mig, utan på telefonsamtalet. Det kändes förnedrande.

"Ja, det går bra...", sade hon i luren. "Absolut... Jag bekräftar... Inget problem... Adjö."

Hon lade luren på bordet igen. Iskallt stirrade hon på Stefan och sade:

"Var var vi?"

Nettan stirrade på mobiltelefonen, som om den innehöll nyckeln till Sofias iskalla beteende. Jag såg att Nettan tänkte resa sig för att formellt anhålla Sofia. I samma ögonblick satte Sofia sig tillrätta i sin fåtölj med armarna i kors.

"Vad vill ni veta? Jag är beredd att berätta vad ni än vill veta. Utan advokat."

Sofia stirrade stint på Nettan, som misstroget slutade skruva på sig. Hon nickade mot mig. Det var OK att fortsätta ställa frågor. Jag harklade mig som om jag letade i mitt huvud var jag skulle börja.

"Du åkte till Åbos akademikvarter i jakt på en jämnårig flicka med ditt utseende. Du lockade henne att utföra en uppgift i ditt ställe och med ditt utseende, för du sade åt henne att du behövde komma bort från din hemska make. Att du ville ha ett manipulerat bevis åt din make att du hade varit på resa. Du diktade ihop en historia om ett hemligt förhållande och att din vansinnigt svartsjuka man skulle krossa både dig och din älskare om ni blev avslöjade. Du vädjade till kvinnors solidaritet, när du rekryterade en dubbelgångare att utföra ett till synes oskyldigt uppdrag."

"Korrekt."

"Du hittade Pia Aarnio, och du fick henne med på noterna. Du lovade henne pengar och en gratis Interrail-resa förutsatt att hon inte frågade något om de speciella villkoren."

"Och vad krävdes det av Pia Aarnio?" frågade Levi.

"Att hon åkte på Interrail enligt en färdigt utsatt tidtabell och en på förhand uppgjord rutt", sade jag. "Under resan skulle hon använda sig av namnet Sofia Strömstam, för det var namnet på Interrail-biljetten och det var på det namnet som alla hotellrum var beställda och betalda i förväg."

"Hotellbokningen var pålitlig och uppgifterna om hotellens rutiner visade sig vara korrekta", sade Sofia stolt. "Pia behövde inte visa sin legitimation en enda gång under resan."

"Inte förrän hon avvek från planen", sade jag förnöjt. "Istället för att åka med buss från Split till Dubrovnik, gjorde hon en oväntad avstickare till Mostar i Bosnien-Hercegovina. Och det var där som hon blev tvungen att visa upp sitt pass, som naturligtvis var ställt på namnet Pia Aarnio istället för Sofia Strömstam."

"Jag fick hjärtklappning, när jag såg att mitt sociala forums direktsända resefotografier visade Pia posera framför den berömda bron i Mostar, och jag avlägsnade bilderna omedelbart." Sofia tittade överlägset på oss alla.

"Och det gjorde du med din pekplatta i ditt gömställe i Somero", konstaterade jag.

"Vänta lite", sade Stefan. "Innan vi går in på sommarstugan, berätta ännu om Pias uppgifter. Hon förväntades alltså sminka på samma sätt som du, lägga håret på samma sätt som du, och posera framför sevärdheterna i en sådan ställning att alla skulle vara övertygade om att det var du istället för Pia. Har jag förstått rätt?"

176

"Jag skolade henne att likna mig", svarade Sofia. "Hon hade brunt hår medan jag har blont hår, så det måste färgas förstås. Och hon fick använda kontaktlinser så att hennes bruna ögon förvandlades till blåa. Med rätt smink fick vi rätt ansiktsform åt henne och jag tycker att vi överträffade oss själva. Pia liknade mig så mycket att ingen ens ifrågasatte att flickan på bilderna var någon annan än jag."

"Jag ifrågasatte nog, men ingen lyssnade på mig", sade Levi surt.

"Visste Pia att hennes fotografier laddades automatiskt upp på ditt sociala konto?" frågade Nettan.

"Ja. Det var en del av alibit som hon gärna gav mig så att jag skulle lura min hemska man att jag var på resa."

"Pia kollade aldrig vem du var eller vad som hade hänt i Lappkulla medan hon var på resa?" frågade Nettan. "Du tror inte att hon var ens lite nyfiken efteråt?"

"Jag litar faktiskt på henne", sade Sofia. "Hon är en snäll, fattig flicka och hon ville gärna hjälpa mig enligt den bakgrundshistoria som diktade upp för henne. Resan och pengarna var en bonus, som gjorde henne ännu mera pålitlig. Efter resan träffade jag henne ännu en gång för att få den använda tågbiljetten samt den lånade digitala kameran med direkt-feed till mitt sociala konto. Hon gav mig ingen orsak att misstänka henne för att luska ut något om mig. I själva verket lovade jag henne ännu en resa nästa år, ifall allt skulle gå bra och för att avråda henne från att göra efterforskningar, som kunde äventyra vårt professionella förhållande."

"Nåväl", sade jag. "Medan Pia reste i Europa i ditt ställe, åkte du till sommarstugan i Somero för att ligga lågt under hela månaden. Det måste ha varit en tung uppgift."

"Jag kommer aldrig mera att ligga tyst och stilla i ett begränsat utrymme, i kyla och med begränsade matransoner och svåra tvättmöjligheter", sade Sofia uppriktigt.

"Det låter som det fängelse, dit du är på väg", sade Levi med ett flin.

Sofia lät bli att titta på honom. Under hela vår pratstund hade hon betett sig som om hennes mans brorson inte ens existerade.

"Du reste till och från stugan med buss, och använde en svart peruk för att ingen skulle känna igen dig, ifall någon bekant råkade se dig", konstaterade jag. "Om du behövde motion eller om du måste röra dig som fotgängare på landsvägen, använde du peruken för säkerhets skull."

"För det mesta", svarade Sofia. "Ibland vågade jag ta av mig peruken, för den var het och maj var faktiskt överraskande varm. Och så skedde det omöjliga. Just då jag lät bli att använda peruken, råkade en bekant faktiskt köra förbi och jag blev igenkänd. Av Selma Åkerstrand. Man kan helt enkelt inte ha en sådan otur."

"Så du hade inget annat val än att dementera Selmas påstående och hoppas på det bästa", sade Stefan bistert.

"Det lyckades för ingen kunde bevisa att jag hade tillbringat en månad på stugan."

"Du hade tänkt på allt", sade jag. "Du hade hämtat tillräckligt med mat i förväg och du transporterade bort avfallet bort från stugan i efterskott. Du hade peruken till förfogande ifall någon oväntad skulle dyka upp på stugans gård. Du lät bli att gå på gräset som kunde visa på någons närvaro. Du hämtade en ny gasflaska till stugan efter din tillvaro där. Men en sak blev förbisedd."

"Vad då?" frågade Sofia ärligt överraskad.

"Nässlorna", sade jag. "De hade växt upp på ett sådant sätt som avslöjade att någon hade klippt nässelbladen, då de växte upp i maj. Du gillar visst nässelsoppa, Sofia?"

"Jag har underskattat dig, Jonas Österfelt", sade Sofia med respekt i rösten. "I min ungdom sparade jag mycket pengar genom att äta nässlor och jag lärde mig att gilla dem."

"En sak undrar jag dock över. Du var tvungen att använda din mobiltelefon och din pekplatta för alla telefonsamtal och för att kolla upp vad som hände med ditt fotogalleri. Var fick du tag på elektricitet och hur laddade du alla apparater?"

Sofia satt tyst en stund och tittade förteget på mig.

"Jag hade reservbatterier för alla apparater", sade hon kort.

Det var något som inte stämde. En konstig alarmerande känsla började pirra inom mig. Varför var Sofia så villig att hjälpa oss?

"Vi går över till mordet på Atte", sade Stefan.

"Vilket mord?" frågade Sofia kallt.

Jag tittade panikartat på Nettan. Det här var oväntat.

"Du kan väl inte påstå att hela Interrail-bedrägeriet hade något annat syfte?" sade Levi föraktfullt. "Och hela den masokistiska tillvaron på stugan? Naturligtvis gjorde du allt det för att få ett perfekt alibi för tiden, då farbror dog."

Innan Sofia hann svara, lät jag all information spola över min hjärna ännu en gång. Sofia hade faktiskt inte tagit ställning till mordet på Atte ännu. Hon hade inte medgivit något annat än att hon hade fört oss alla bakom ljuset. Men varför? Det kunde väl inte finnas något annat syfte än att få tillgång till

Attes arv? Vänta. Hon hade sagt åt Pia Aarnio att hon ville komma bort från sin hemska man för ett tag. Tänk om det var sant? Tänk om Atte till exempel hade misshandlat henne innan han fick krukan i huvudet? Nej, det var absurt. En totalförlamad man kan inte misshandla sin unga hustru. Det var den förlamade Atte som hade mördats, inte den friska Atte.

"Jag tror att respiratorn helt enkelt slutade fungera för en stund och att Atte dog av den orsaken", sade Sofia lugnt. "Det är den mest logiska förklaringen. Jag har inget med den saken att göra."

Vi gapade alla tre. Nettan och Stefan tittade oroligt på varandra. Levis ansikte blev allt rödare.

"Varför ställde du till med skådespelet?" frågade jag bestört. "Varför Interrail-farsen och varför ligga lågt i enkla förhållanden i stugan?"

"Det vill jag inte berätta", sade Sofia med sina blåa ögon spända i mina.

"Du lovade att samarbeta", påpekade Stefan.

"Jag vet att du inte hade sällskap i stugan", sade jag. "Det är inget hemligt kärleksnäste precis."

"Det stämmer", sade Sofia.

"Men krukan och hunden Titti?" frågade Nettan misstroget.

"Ingen har kunnat bevisa att det skulle ha varit något annat än en olycka", sade Sofia bestämt.

"Varför måste Atte dö?" frågade jag med lite panik i rösten.

"Kanske respiratorn var av den åsikten att han inte behövde pinas längre?" föreslog Sofia och jag kände de blåa ögonen borra sig allt djupare in i mig. "Kanske det var hans egen vilja att han borde ha dött redan åtta månader tidigare? Kanske respiratorer kan programmeras så att de befriar människor så att deras yttersta viljor uppfylls? Är du av annan åsikt, Österfelt?"

Jag mådde illa. Var det huvudvärken igen? Det kändes som om hon visste. Hur kunde hon veta att pappa hade dött föregående dag? Eller var det något i mig som avslöjade att eutanasi och dödshjälp kanske dominerade mitt liv för tillfället? Såg hon en medbrottsling i mig? Höll jag på att falla i min egen fälla? Jag måste skydda mamma till varje pris.

"Det är inte någon simpel dödshjälp", skrek Levi. "Hon har mördat honom kallblodigt. Det var hon från första början. Det är inte bara fråga om respiratorn i maj. Hon försökte mörda honom redan tidigare. Med krukan. I september."

"Jag har inte mördat någon", upprepade Sofia lugnt och tittade på Nettan, som om hon sökte hjälp av en medsyster.

Det var något som inte stämde. Det var mycket som inte stämde. Jag var tvungen att snabbt samla mina tankar. Det började kännas som om Sofia hemlighöll något avsevärt. Något var inte som det verkade vara och jag hade bara en liten stund på mig att få ett övertag i duellen igen. Det började kännas likadant som det dubbelspel som jag hade utsatts för senaste vår. Fanns lösningen där? Var det något att sikta på?

I samma ögonblick rusade Levi upp från stolen och med ett förvridet ansikte kastade han sig mot sin farbrors hustru.

"Du far inte iväg med mitt arv", skrek han. Levi tog ett struptag om Sofia. "Förstår ni inte, hon försöker vinna tid. Hon far iväg med mitt arv!"

Med överraskande krafter drog Stefan Rundberg den unga mannen från kvinnan. Den långa, smala polismannen placerade Levi bestämt tillbaka i hans fåtölj och ställde sig själv bredvid möbeln.

En del av det vita sminket hade smetats bort från Sofias ansikte under attacken och hon såg absurd ut. Som en sliten docka. Hon harklade sin strupe fri igen och satte sig tillrätta i stolen. Utan att titta på Levi riktade hon sin blick rakt ut i intet, förbi både mig och Nettan, där vi satt framför henne.

"Har vi tillräckligt för att anhålla henne?" frågade Stefan med blicken riktad på sin förman. "I så fall har hon inte tillgång till arvet, åtminstone för tillfället."

Nettan satt tyst en stund och tittade fundersamt på oss alla. Det verkade som om hon vägde alla för- och nackdelar i allt det som skulle ske härnäst.

"Jag anhåller dig, Sofia Strömstam, som misstänkt för mordet på din make Atte Strömstam", sade Nettan bestämt.

"Äntligen", stönade Levi belåtet.

"Jag vill ringa min advokat", sade Sofia och hon sträckte sig mot mobiltelefonen.

"Vänta!" ropade jag, och alla stelnade till. Allas ögon var fästa i mig samtidigt som min hjärna processade en ny möjlighet. Min blick var som förhäxad i Sofias mobiltelefon.

"Samtalet", väste jag. "Kolla hennes mobiltelefon! Vem pratade hon med för en stund sedan?"

I samma ögonblick dök Sofia över sin mobiltelefon som om hon ville skydda den med sitt liv. Det var dock inte särskilt svårt för Stefan Rundberg att ta den ur hennes hand.

"Jag ser uppringarens nummer men det är inget namn förknippat med det", sade polismannen och han tittade på mig som om jag vore en nummersökningstjänst.

"Ring upp numret!" befallde Nettan. Hennes ord var riktade åt Stefan men hennes ansikte var vänt mot mig. Vi började alla ana ugglor i mossen. Vi hade blivit förda bakom ljuset, men vi visste inte syftet och vi visste inte om något brådskande höll på att utvecklas.

"Ekenäs Folkbank", sade Stefan när det svarade i andra ändan.

Jag kände kalla kårar dunka mot samtliga ryggkotor, en efter en.

"Fråga varför de ringde upp Sofia", sade Nettan skarpt.

Flera minuter förflöt, medan Stefan tyst lyssnade på rösten, som satt i en bank några tiotals kilometer från platsen där vi satt i Lappkulla. Stefan bleknade, och han satte sig tillbaka i fåtöljen, där han suttit innan han hindrat Levis attack mot Sofia.

Ett plötsligt snyftande överraskade oss alla. Sofia satt käpprak i sin fåtölj och hon tittade fortfarande ut i tomma intet. Tårar rann längs hennes kinder, och det kändes chockerande att se den iskalla kvinnan i det tillståndet.

"Nå", sade Levi med en krävande röst, när Stefan lade mobiltelefonen tillbaka på bordet.

Polismannen tittade misstroget på sin unga vän, Levi Strömstam.

"Arvet är förlorat", sade Stefan med en oförstående blick.

"Rundberg!" sade Nettan skarpt. "Berätta genast."

Sofia snyftade igen och vi tittade på henne.

"Hon hade en medhjälpare", sade Stefan trött.

"Naturligtvis", flämtade Nettan som om hon borde ha förstått det hela tiden.

"De hade ett gemensamt konto, Sofia och han. Det var till det kontot som arvet skickades, men ingen av oss kunde ana att även någon annan hade tillgång till det kontot än enbart Sofia."

Det nervösa pirrandet i min mage började stegras till en grävande känsla. Jag var övertygad om att jag hade en fuktig hinna över hela mitt ansikte, och att hinnan snart skulle utveckla svettdroppar. När dropparna blev så tunga att de började rinna utmed mitt ansikte, skulle Sofias stirrande ögon bli fulla av förakt.

"Har han lyft alla pengarna?" Levi tittade oförstående på Stefan. "Hur kan det vara möjligt?"

"Det hör till bankens rutiner att ringa upp kontots samtliga innehavare när stora uttag görs", svarade Stefan. "Det var telefonsamtalet för en stund sedan."

"Men kan ni inte ta fast honom? Ring upp Ekenäs-polisen så att de sporrar alla vägar!" Levi röst var full av panik.

"Pengarna har inte lyfts som sedlar", svarade Stefan tunt. "De skickades som en omedelbar transaktion till ett skatteparadis i Karibien. Han har redan lämnat banken. Det går inte att få tillbaka pengarna, men vi kan göra en internationell efterlysning på mannen."

"Hela vår diskussion hade ett enda syfte", förklarade jag. "Med sin bekännelse drog Sofia ut på tiden för att ge mannen tillräckligt med tid att utföra sitt ärende i banken. Och att han därefter kunde snabbt försvinna. Om en tid dyker han upp i skatteparadiset och lyfter pengarna utan att vi kan göra något åt saken. När samtalet kom, visste Sofia redan att spelet var slut för hennes del, men hon ville ge mannen en chans."

"Varför?" skrek Levi med ansiktet vänt mot Sofia. "Varför lät du honom göra det? Du kommer ju aldrig att få dra nytta av pengarna. Du kommer att ruttna i fängelset, medan han lever loppan på de pengar, som tillhör mig. För Guds skull, varför?"

"Jag älskar honom", snyftade Sofia Strömstam och det såg ut som om hela hennes dockansikte höll på att smälta.

"Vem är han?" frågade Nettan bestämt. "Vi måste sätta upp en efterlysning."

"Banken sade att han heter...", började Stefan Rundberg, men jag avbröt honom:

"Antero Grönström."

Och så spydde jag min frukost över Lappkullas vardagsrumsbord. Den innehöll två skivor bacon, två ägg, två rostbrödsskivor och två tomater, ifall det intresserar någon. En stund redan hade jag desperat letat efter något att sikta på, och mitt förnuft sade att det var lättast att torka spyorna från bordet.

KAPITEL 15

Slutet av augusti

Lördag

Sjutton dagar senare

Pappa hade blivit kremerad och vi hade samlats för att högtidligt sprida hans stoft. Det var en liten ceremoni med bara de närmaste. Vi hade beslutat att meddela världen om hans död med en tidningsannons först efter att jordfästningen hade ägt rum i stillhet. Det var mamma, jag, min faster och hennes man. Och naturligtvis Gitta med hennes man och mina syskonbarn Yrsa och Yngve. Vi hade kört med två bilar till Baklura i Fiskars, där vi hade fått tillstånd av Regionförvaltningsverket att sprida pappas stoft.

Tanken var att vi skulle stjälpa urnans stoft i Degersjön, varifrån Fiskars å med tiden skulle föra honom genom Fiskars bruk, där han levt och arbetat största delen av sitt liv. Han skulle flyta genom Opp-i-bruket förbi Gamla mekaniska verkstaden, Fiskars museum, Gamla knivfabriken, Åkerraden och Kardusen. De gamla trädens andar och alla våra förfäder skulle vinka farväl åt honom, där hans sista färd förde honom förbi Kasernerna, Gamla tvättstugan och Gamla brandstationen. Tornursbyggnadens Könni-klocka skulle klämta åt honom. En vindpust skulle flyta genom Gamla kvarnens tomma utrymmen och sucka över ännu en gammal fiskarsinvånares bortgång. Ner-i-brukets Kopparsmedja, Verkstadsgården, Magasinet och Samlingslokalen skulle se de sista lämningarna av honom innan ån flöt ut i Borgbyträsk.

Hösten verkade komma tidigt det året. Vi hade svarta kappor och kostymer hårt spända runt våra kroppar för att hålla kylan borta. Björkarnas gula färger blandades med granarnas gröna färger runt Degersjön. Färgprakten bredde ut sig som en levnadsglad hyllning framför oss där vi stod på Baklura festplats. Platsen hade sett roliga och glada fester under ett helt århundrade, och det kändes som rätt plats att fira pappas liv, som hade varit en fest av glädje för oss alla.

Yngve och Yrsa gnällde över något och Gitta gjorde sitt bästa för att lugna dem så att det skulle bli en värdig och högtidlig känsla för oss alla. Mamma såg bräcklig ut och hennes blick var förstenat i ett leende, som härstammade från något gammalt behagligt minne. Kanske från deras ungdom. Kanske från dagen, då hon hade träffat pappa. Kanske det hade varit på denna festplats.

Jag böjde mig ner för att skyffla en liten hög med aska från urnan till strandlinjen. En plötslig vindpust grep tag i askan, så att den flög iväg från den lilla spaden i min hand. En del av askan flög på min fasters svarta kappa, så att den blev prickig med det gråa. Hennes ögon var fyllda av fasa, då hon tittade först på mig och sedan på sin kappa. Eller pappa. Jag ville sjunka genom jorden. Lyckligtvis stod vi inte på en gravgård, för då skulle jag faktiskt ha kunnat sjunka genom jorden.

Mamma skrattade till och borstade burdust askan från fasters kappa.

"Han har en egen vilja ännu efter sin död", konstaterade mamma med en bräcklig röst. "Och det är vår plikt att fullfölja hans vilja."

Det sista sade hon med en skarp blick mot mig. Hon gick fram till mig och tog urnan ur min hand. Med bestämda tag grävde hon i pappas stoft med den lilla spaden och hon slängde askan ut i luften. Vinden tog hans lämningar och han flög mot skogen bakom festplatsen. Han såg ut som det moln med björkfrön som hade skrämt mig i Somero några veckor tidigare.

"Kanske han var mera en skogsmänniska än en fiskare", stammade jag och gjorde en likadan gest mot skogsbrynet. De övriga tittade misstroget på pappas make och son, som om mamma och jag hade startat ett skådespel mitt framför deras ögon.

Plötsligt mindes jag vad pappa hade sagt i min ungdom, då han blivit tvungen att flytta till Ekenäs med mamma. Han hade sagt att det inte gjorde någon skillnad var man var. Huvudsaken var att man hade en ledstjärna i sitt liv. Det hade han sagt med en glimt i ögat mot mammas riktning. Han hade också sagt att han inte kunde flytta till storstaden, för där såg man inte stjärnhimlen om kvällarna och nätterna. Saknade jag en ledstjärna i Helsingfors, där kvällarnas ljusglimtar kom från artificiella källor? I varje fall, i Fiskars skogar skulle han titta upp mot natthimlens stjärnor när han än ville.

Gitta brast ut i ett gråtande, och hennes man lade händerna på hennes axlar. Yngve och Yrsa tystnade för första gången under ceremonin och tog hennes händer. Faster och hennes man såg skakade ut.

En stund senare körde vi över Hammarbacken mot brukets centrum. Jag tittade på vårt gamla hem, där vi hade bott när jag var liten. Därifrån hade jag flyttat till Åbo för att studera och därifrån hade mamma och pappa flyttat till Ekenäs, när deras arbetsplatser hade försvunnit från bruket. Vårt gamla hem var fortfarande kvar, men det hade målats med nya färger och taket var nytt. Ett utländskt namn var målat på postlådan utanför huset. Mamma sade ingenting, när hon tittade på huset som symboliserade miljoner minnen.

Mamma och jag satt i baksätet på fasters och hennes mans bil. Jag höll hennes hand hårt utan att riktigt veta varför. Gitta och hennes familj åkte med egen bil. Vi var på väg till en ny cafeteria i bruket, som hade lovat att hålla en timme stängt för vårt privattillfälle. Vi skulle samlas där för att äta caesarsallad, gravlax och nybakat bröd, samt kaffe och tårta. Jag undrade om jag någonsin skulle besöka Fiskars igen efter det.

Min blick flackade upp mot Skomakarbacken, när vi kom till Fiskarsvägen. Jag kunde inte se Antero Grönströms röda hus, men mina tankar var i de resväskor, som jag hade sett i hans spartanskt inredda hem. Hans viktigaste ägodelar hade tydligen varit packade i dem, och han hade varit beredd att lämna allt med kort varsel. Även hans oskötta trädgård hade varit ett tecken på att han närsomhelst var beredd att lämna allt bakom sig. Han hade varit redo att åka iväg från landet så fort han hade fått pengarna skickade till ett tryggt konto i Karibien. Kapningen av Atte Strömstams arv hade verkligen varit planerat i minsta detalj.

Under förhören hade Sofia förklarat allt, dock utan att ha medgett sin skuld till Attes död. Ett mordåtal skulle väckas mot henne, och det skulle bli rättens sak att ta ställning till om hon var skyldig till mord eller inte. Det var alltså fortfarande osäkert om Atte hade dött av ett fel i respiratorn, av att Sofia hade stängt av respiratorn eller av att Antero hade stängt av respiratorn. Min personliga åsikt var att Sofia hade stängt av respiratorn och att det hade varit syftet med hennes komplicerade plan och hennes utstuderade alibi.

Motivet till mordet på Atte var alltså tudelat. För det första skulle Sofia bli ledig att leva med Antero och få obegränsad tillgång till Attes miljoner. Det hade varit motivet med det ursprungliga mordförsöket, som hade misslyckats. När det nya försöket hade planerats, hade Sofias alibi haft en kritisk roll, för annars skulle hon alltid ha stämplats som kvinnan som kanske hade något att göra med Attes död. Och det var då som mordplanen hade fått ett andra syfte. Det hade skapats en reservplan ifall Sofias alibi mot förmodan skulle bli krossat. Den planen hade gått ut på att Antero skulle ges möjligheten att ta miljonerna och sticka iväg även om Sofia blev fast. Därför hade det varit viktigt att Sofias förhållande med Antero hölls hemligt. Och allt detta var enligt Sofia möjligt även om Atte dog av en olyckshändelse, och därför hävdade hon benhårt att hon inte hade mördat honom. Men jag trodde inte på henne hur mycket hon än försäkrade sin oskuld.

Men jag trodde nog att Antero var oskyldig. Det var tydligt att den docksöta Sofia hade förälskat sig i honom, och han visste det. Hon skulle göra vadsomhelst för honom. Även utan att han begärde det. Han hade plötsligt en dag märkt att Sofia planerade ett stort brott för att de skulle få leva tillsammans i överflöd med pengar. Han hade till och med fått veta att hon planerade en reservplan, där han skulle få allt, även om hon blev fast. Han hade lagt märke till att hon var beredd att begå ett mord. I det ögonblicket hade Antero Grönström gjort sitt val. Han hade passivt låtit henne fullfölja planen utan att avslöja henne. Han behövde inte göra något annat än vänta. Vänta på dagen då pengarna skulle anlända till banken, att han fick lyfta pengarna och åka till Karibien för att vänta på Sofia. Det var viktigt att pengarna flyttades snabbt till säkerheten och det hade blivit Anteros uppgift oavsett om Sofia var misstänkt eller inte. Även om hon kanske inte ens skulle få en möjlighet att lämna Finland.

Jag funderade på våra tankar om kvinnor. Antero och jag hade vid några tillfällen diskuterat konspirationsteorier och hur det kunde löna sig att i undersökningar flytta tyngdpunkten från det uppenbara till det som rörde sig i skuggorna. Under våren hade vi konstaterat att Antero trivdes i skuggan av traktens snyggaste kvinnokarl, Axel Nordsund, och att Antero trots det hade tillräckligt med kvinnor. Aldrig hade jag trott att han menat Sofia Strömstam. Aldrig hade jag trott att Antero hade ett hemligt förhållande med en gift kvinna, som höll på att mörda sin make för att få tillgång till dennes arv. Och bli ledig att vara ständigt tillsammans med mannen, som hon var galen i, Antero Grönström.

De största gäddorna lurar i de lugnaste fiskevattnen. Så skulle mamma ha sagt även om hon inte var en fiskares hustru. Men kanske skärgårdsstaden Ekenäs hade börjat sätta sin prägel på henne. Efter alla dessa år, som hon hade levt borta från inlandet. Borta från Fiskars.

Jag var lite avundsjuk på Antero. Vad hade han som gjorde honom så oemotståndlig? Hade han lärt sig allt genom att stå i Axel Nordsunds skugga och iaktta kvinnor? Ville jag själv något likadant? Att en kvinna skulle bli så galen i mig att hon var beredd att köpa mig med pengar och sätta sin egen framtid på spel? Nej, det kändes alltför instabilt för att vara behagligt. Men Antero hade klarat av att linda Sofia runt sitt finger och han hade klarat av att sitta lugnt och vänta på att investeringen skulle ge full pott. Det hade lönat sig.

Hur hade Sofia Strömstam blivit det kalkylerande men instabila monster som hon var? Hon hade berättat att som Sofia Andersson hade hon varit oerhört fattig och att allt hade handlat om pengar. Eller bristen på pengar. Dagens rutiner hade varit fulla med penningsparande och det hade satt sin prägel på henne. När Atte Strömstam hade börjat uppvakta henne, hade pengar plötsligt fått en ny betydelse. Under hela hennes ungdom hade pengar betytt makt att kunna köpa, betala och konsumera. Som Atte Strömstams hustru hade alla dessa möjligheter plötsligt funnits lätt tillhanda. Men Sofia hade aldrig varit förälskad innan hon träffade Antero Grönström på en pub i Karis, där han hade tillbringat kvällen tillsammans med Axel Nordsund.

Sofia hade upplevt något alldeles nytt tillsammans med Antero. Visst hade hon varit gift och visst hade hon ursprungligen gett sig in på ett äktenskap med Atte utan att ha varit förälskad i honom. Först tillsammans med Atte hade Sofia lärt sig att använda pengar även om pengars makt hade fastnat i hennes själ redan som ung. När hon träffade Antero, var hon plötsligt livrädd för att förlora honom. Det var otänkbart att hon skulle förlora den fantastiska kärlekskänsla, som hon aldrig tidigare hade känt. Därför hade hon fått idén att hon kunde försäkra Anteros kärlek till henne genom att köpa honom. Det hade känts naturligt för henne att erbjuda honom tidernas köpesumma i form av Attes arv. Det hade också känts naturligt att erbjuda honom pengarna även om hon mot förmodan själv skulle åka fast. För hon älskade honom. Därför hade hon skapat planen med vilken Antero skulle få allt, om något gick fel. På samma sätt som Karl Strömstam i tiderna hade bestämt sig för att

Dieter Bühlen skulle få använda Strömstams diamanter om den finländska familjen inte hade möjlighet att utnyttja dem.

Jag suckade för mig själv. Turistsäsongen närmade sig sitt slut och det fanns få bilar i Fiskars bruk även om det var en lördag. Genom bilfönstret såg jag att bara ett fåtal barn lekte på lekplatsen. En liten pojke räckte en flicka en slickepinne. Hon satt i lekplatsens enda gunga och jag tolkade situationen så att pojken försökte muta flickan att överlåta gungan åt honom.

Vilket skådespel det hade varit! Sofias hela uppenbarelse hade varit ett enda stort skådespel. Hennes stela ansikte, sminket, allt kalkylerande och all manipulation. Allt hade varit en fasad. Varje sekund var ett enda stort skådespel och naturligtvis hade det i längden rubbat hennes tankegångar, hur intelligent hon än hade planerat allt. Bakom fasaden hade den verkliga Sofia Andersson funnits. Hon hade känt sig osäker och hon hade varit beredd att riskera allt för att kunna köpa den närhet som hon ville ha. Det hade varit den riktiga Sofia, och den Sofia hade varit ständigt dold under en självsäker yta. Jag tror att det var bara Antero Grönström som hade sett den riktiga Sofia, och han var knappast helt galen i henne. Det var fullt möjligt att Sofia skulle hitta varken Antero eller Atte Strömstams miljoner när hon väl blev frigiven från fängelset. Och jag skulle aldrig se mitt arvode.

Eftersom Levi Strömstam inte skulle få Atte Strömstams arv, skulle jag inte få mitt arvode heller. Även om jag hade löst fallet. Den rasande Levi hade till och med vägrat att betala för mina kostnader, men Stefan hade skarpt rekommenderat att Levi skulle sköta ens den biten. Jag hade fått en ersättning för min resa till Dubrovnik och för den bensin, som min pappas bil hade slukat under undersökningarna. Även om jag inte hade tjänat något på fallet kring Atte Strömstams död, hade jag nog lärt mig mycket om den mänskliga naturen. Och det var väl bättre än ingenting. Och jag hade också fått uppleva Kroatiens härliga mat! Dessutom hade jag deltagit i en spännande skattjakt i Hangö!

Levi hade i sin tur förlorat mycket mera. Atte Strömstams förlorade arv skulle behandlas i många olika instanser ännu. Det var oklart vem pengarna egentligen tillhörde och vem de skulle gå till om de någonsin hittades. Först skulle Sofia Strömstams skuld prövas i domstol. Om hon blev dömd för mordet på Atte Strömstam, skulle Levi kräva att arvet togs av henne, för man fick inte dra ekonomisk nytta av ett brott. Domstolen och dödsboets förrättningsman skulle få ta ställning till vilken del av arvet som Sofia egentligen skulle ha ägt även om Atte inte hade dött. Den äkta hälftens del av ett dödsbo skulle knappast tas från henne. Det var fortfarande mycket som var oklart och jag var nöjd över att jag inte skulle behöva befatta mig med det. Jag litade på att Levis vän, polismannen Stefan Rundberg, skulle meddela mig om Levi fick en del av arvet, för då skulle även jag få mitt arvode sent omsider. Om arvet någonsin fann sin väg tillbaka till Finland.

Levi var förbluffad över att han inte hade fått kännedom om Sofias hemliga förhållande med Antero. Hon hade ibland åkt till Anteros bostad i Fiskars och ibland hade de tillbringat tid på hotellrum i Helsingfors. Otroligt nog hade ingen märkt något och inget skvaller hade spridits i regionen. Sofias otaliga shoppingresor till Helsingfors hade plötsligt fått en helt ny betydelse åt Levi.

Jag tittade på mamma när vi närmade oss cafeterian. Jag överraskade henne med att titta på mig och jag log förläget. Hon drog sin hand från mitt grepp och hon tittade lugnt på mig. Hon såg stolt och modig ut. Hon såg ut som en självutnämnd matriark och jag ansåg att hon hade förtjänat sin position. Hon hade inte gjort något fel. Jag skulle göra vadsomhelst för att skydda henne. Mina tankar gick åter till Sofia Strömstam, som hade varit beredd att göra vadsomhelst för att vinna Anteros kärlek.

Antero hade inte behövt göra något annat under den ödesdigra maj-månaden än att köra till Somero för att möta Sofia vid en vägren nära Strömstams stuga. Hon hade behövt reservbatterier till sin pekplatta och mobiltelefon och dem hade Antero levererat åt henne. Han hade dessutom sett till att hennes mobiltelefon var programmerad till centraleuropeisk tid. Han hade även manipulerat dess navigationsläge så att den inte kunde spåras till Finland under den tid som hon förväntades svara på samtal och text utomlands. Det hade Sofia erkänt under förhören och endast det brottet skulle knappast fälla honom i en domstol. När Antero hade mött henne i Somero, hade han beundrat hennes svarta peruk, och det hade fått henne att spara peruken över sommaren. Ifall hon skulle få möjlighet att använda den tillsammans med Antero ännu en dag. En vecka innan arvets utbetalning hade hon dock sett peruken som en alltför stor risk, och hon hade beslutat sig för att göra sig av med den. Och det var då som den hade fångat mitt intresse.

Visst kunde Antero bli dömd som medbrottsling till stölden av Attes arv, men knappast för mordet på Atte. Men hade arvet egentligen blivit stulet? Om det legalt tillhörde Sofia och hon hade velat donera pengarna åt Antero? Frågorna var många, men det var tydligt att Antero ansåg det vara tryggare att hålla låg profil någonstans i utlandet än att befatta sig med det finländska rättsväsendet.

Själv kände jag tacksamhet gentemot Antero. Utan hans insats skulle polisen säkert ha intresserat sig för mammas Internet-skriverier om aktiv dödshjälp. Nu hade pappas dödsorsak fastställts som en ny hjärnblödning. Jag visste fortfarande inte om mamma hade något att göra med pappas död eller inte, och jag tvivlade på att hon någonsin skulle berätta det för mig. I varje fall var det huvudsaken att hon inte misstänktes för något. Var det då så att hon inte hade gjort något? Eller var hon en mästerbrottsling? En sak var dock säker. Även om hon hade hittat det perfekta mordet, hade hon inte kommit undan med det utan Anteros insats i diskussionsforumet.

Men samtidigt som Antero hade hjälpt mig, hade han också avslöjat för mig sin delaktighet i Sofias intriger. Hade han gjort det med flit? Av välvilja gentemot mig? Det var också en av orsakerna till att jag inte trodde på att han var aktivt delaktig i mordet på Atte.

När jag hade diskuterat med Sofia på Lappkulla och även under det sista polisförhöret, hade jag haft en känsla av att Sofia kände till att eutanasi var ett dominerande ämne i vår familj för tillfället. Därför hade hon gäckat med mig. Hur skulle hon ha kunnat känna till den saken? När Antero avslöjade att han hade gjort sökningar med mitt och mina föräldrars namn på Internet, borde jag ha förstått att han hade diskuterat sina fynd även med Sofia. Han hade hittat mammas diskussion på det sociala forumet och det hade han avslöjat för Sofia. Därmed kunde hon använda eutanasifrågan som ett vapen mot mig under vår ordduell. Och kanske använda det mot mig som utpressning, ifall jag fick jorden att bränna under henne. Jag hade inte förstått sambandet mellan Antero och Sofia, när Antero berättade om sitt Internet-fynd i Fiskars. Men i samma ögonblick som Stefans samtal till Ekenäs Folkbank avslöjade att Sofia hade haft en medhjälpare, hade jag förstått vem det var. Men då hade det redan varit för sent för att rädda arvet.

Våra bilar parkerades utanför cafeterian, men vi stannade alla förbluffat upp nedanför trapporna till dess utrymmen. På trappan stod Tuffe, brukets självutnämnde bydåre. Vi kände alla igen honom, för han hade alltid funnits i bruket. Högtidligt tog han av sig sin mopedhjälm så att flätan ploppade fram på hans annars rakade skalle.

"Jag deltar i sorgen, Österfelts", sade Tuffe högtidligt med rak rygg. "Han var en bra Fiskars-bo."

Mamma nickade och Tuffe gick för att starta sin moped. De andra gick in, men jag stannade kvar på trappan och tittade på Fiskars sommarprakt och alla dess ikoniska byggnader. Och Tuffe, som även han var en ikon. Han hade en betydande uppgift i Fiskars bruks sammanhållning, men få tycktes inse det.

Vad var då min uppgift i livet? När jag tittade på min barndoms vyer, kände jag mig vilsen. När jag såg på Helsingfors vyer utanför mitt hems fönster, brukade jag känna mig vilsen. Mina detektivuppdrag hade varit mera eller mindre misslyckade, så jag var fortfarande lika vilsen som under min långa arbetslöshet. Hos mamma i Ekenäs kände jag mig vilsen. Tillsammans med min syster och hennes barn kände jag mig vilsen. Jag kunde inte köpa åt mig en uppgift på det sättet som Sofia hade inbillat sig att hon kunde göra. Skulle jag hitta en livskamrat? En vän? Min barndomskamrat Peter Ginst bodde långt från Finland och jag hade inte särskilt många andra vänner.

Hösten var tydligt på kommande. Den svala vinden trängde genom de lummiga trädens tjocka lövlager. Förr brukade man förbereda sig på den långa, svåra vintern genom att samla matlager och göra husets väggar tätare. Det kändes som om även jag borde förbereda mig på min framtid. Vad skulle vintern föra med sig? Det kändes som om stora förändringar var på kommande, för jag kunde inte fortsätta som en vilsen 40-åring. Det pirrade i magen och jag hoppades att jag inte skulle spy igen.

Mörka moln började samlas i horisonten. Det kändes som om pappas stoft hade samlats med askan från tusentals förfäder till ett moln. Det såg ut som om de försökte varna mig för att något obehagligt var i antågande. Något annat än de oundvikliga höstregnen.

När Tuffe körde iväg, lyfte han ännu en gång sin hand som hälsning. Jag såg trappan med sina fem trappsteg framför mig. Jag tog ett steg i taget mot min familj, som redan hade gått in till salladerna och kaffet. Det var något att sikta på.

EPILOG

Början av september

Tre veckor efter arvets utbetalning

Havets blåa nyanser var så overkliga att hela horisonten såg ut som en kuliss. Tillsammans med de pastellfärgade husen förstärktes det overkliga intrycket. Den behagliga hettan påminde honom gång på gång att han var långt borta hemifrån. Hemifrån? Vad var egentligen hans hem efter allt som hade hänt? Han skulle inte kunna återvända till sitt hus på Skomakarbacken i Fiskars, och han skulle inte få resa tillbaka till sitt barndomshem i Raumo. Han var inte välkommen till Finland längre.

Havets vågor kluckade mot de vita sandstränderna på samma sätt som de brukade göra tusentals kilometer från hans synfält, på Hangö udd. Men färgerna, värmen och atmosfären var helt annorlunda, och det kändes som om han befann sig i ett dockskåp, där allt var arrangerat enligt en ägares önskan. Hans tankar gick till Sofia Strömstams docklika, söta ansikte och allt som hon hade arrangerat. Hon hade serverat honom ett nytt liv på ett silverfat. Han hade kommit till ett färdigt dukat bord, och det var bara att ta för sig.

Antero Grönström hade anlänt till det karibiska skatteparadiset en vecka tidigare och han hade redan lyft en ansenlig mängd med pengar från sitt konto. Ingen hade frågat något. Ingen hade tittat på honom med frågande eller misstänksamma ögon. Borde han ändå vara orolig? Hade Interpol makt att frysa hans konto? Borde han lyfta alla miljoner i kontanter, i amerikanska dollar, innan kontot blev föremål för någons intresse? Eller borde han skicka pengarna till ett nytt konto, i ett land som skulle bli hans nästa destination?

Något måste göras för att sopa igen spåren, och han letade efter länder, som inte hade utlämningspakt med Finland. Han ville hitta ett land, där man kunde leva loppan, och där klimatet var varmt.

Men varför var han orolig? Han hade inte gjort något fel. Det var inte fel att dela ett konto i Ekenäs Folkbank med en kvinna, som visade sig vara en brottsling. Det var inte fel att hon ville donera pengar åt honom. Det var inte fel att ta emot pengarna.

Men innerst inne visste han att det var fel. Han hade vetat att Sofia Strömstam tänkte mörda sin make, och han hade vetat att hon tänkte fullfölja dådet även när det hade misslyckats första gången. Han hade inte hindrat henne. För hon hade lovat honom ett liv i finansiellt överflöd tillsammans med henne. Efter mordförsöket med krukan hade han förstått att hon menade allvar och att hon var farlig, och hans intresse för henne hade svalnat. Han hade tänkt lämna henne, men hon hade kommit med ett oemotståndligt motdrag kanske just därför att hon hade anat hans avsikter. Hon hade lovat honom ensamrätt till Strömstams miljoner som en reservplan, ifall Sofia mot förmodan åkte fast efter det andra mordförsöket. Det mordförsök som hade lyckats. Antero hade avskytt tanken på att dela livet med Sofia, men han skulle nog ha hittat ett sätt att bli av med henne. Utan mord. Men det hade ordnat sig så att hon inte behövde belasta honom, och han hade trots allt fått alla miljoner.

Han hade sålt sig själv och vad hade han förtjänat? Antero Grönström tittade omkring sig i det overkliga, tropiska paradiset. All natur, alla växter, alla byggnader och alla människor var vackra, men han kände sig redan nu malplacerad. Var det för att han kände sig ful? Det första behaget hade redan svalnat och han hade svårt att kommunicera med människor. Han hade förtjänat sin ensamhet. Han var delvis ansvarig för en människas död och den skulden var han tvungen att bära. Han hade förtjänat alla de hinder han hade skapat för en återvändo till Finland, och till hela EU för den delen.

Antero hade kört ända upp till Kemi, och ner genom Sverige. Det hade varit en alltför stor risk att åka med båt eller flyg. Efter en maratonkörning genom Danmark och norra Tyskland hade hans axlar varit sjuka och hans trötthet hade gjort honom till en fara för trafiken. Under den färden hade han beundrat alla dem som åkte långa rutter med Interrail, sittande i en monoton ställning på ett långsamt tåg. Antero hade beundrat sin vän Axel Nordsunds yrkeskunskap som bilmekaniker, då han hade underhållit Anteros gamla, skruttiga bil. Utan Axels proffsighet skulle bilen inte ha hållit ända till Nederländerna. Det högg till i Anteros hjärta. Axel skulle aldrig ha godkänt sin goda vän Anteros avsikter med Sofia Strömstam. Därför hade Axel aldrig fått veta namnet på Anteros gifta flickvän. I själva verket hade Axel försökt para ihop Antero med olika flickor utan att veta vilket hemligt förhållande Antero hade i kulisserna.

Var allt Axels fel? Efter att Antero hade flyttat till Fiskars, hade hans liv blivit en berg-och-dalbana. Han hade trott att hans lilla IT-firma skulle ge honom yrkesstolthet. Han hade trott att det lugna livet i det lilla västnyländska bruket skulle visa honom hans plats. Han hade trott att hans barnsliga intresse för konspirationsteorier skulle förgylla hans vardag. Istället hade han blivit delaktig i en konspiration av gigantiska mått. Kanske det hade varit alltför oemotståndligt. Antero hade trott att hans vänskap med Axel och dennes nyblivna fästmö Linnea Flytmarsch skulle krydda hans tillvaro, men istället hade en hemlig avundsjuka börjat utvecklas inom honom.

Innan Axel träffade Linnea, hade han varit en verklig kvinnokarl och han hade blivit den okrönte tuppen bland alla erövringar i de västnyländska barerna. Hans manliga, men vänliga sätt verkade vara oemotståndligt bland flickorna och hans snygga utseende bara förstärkte det. Axel brukade åka till kvällsfirandet tillsammans med Antero, men i något skede upptäckte Antero alltid att han satt i skuggan medan Axel försvann någonstans i flicksällskap. Ibland brukade någon flicka sitta en stund tillsammans med Antero, men det blev pinsamt då Antero upptäckte att hon ville komma åt Axel via honom.

Så en kväll hade det konstiga skett. En flicka hade varit intresserad av honom och inte av Axel. Först hade Antero inte trott på sina chanser. Hans försiktighet hade förstärkts, då det visat sig att flickan var gift. I början hade han varit lika galen i henne som hon hade varit i honom. Hon hade till och med trivts i hans enkla bostad i Fiskars, för hon hade påstått att den påminde om hennes enkla liv innan hennes äktenskap. Men så en dag hade hon föreslagit att hon skulle ta livet av sin man så att Antero och hon skulle få vara tillsammans utan hemlighetsmakerier. Och det skulle bli rikligt med pengar också. Först hade han skrattat åt henne, men så hade hon verkligen gjort det. Lurat en hund att fälla en kruka i huvudet på hennes man! Efter det hade Anteros intresse för Sofia Strömstam minskat. Hon hade dock utmanat hans sinnen för konspirationsteorier så pass mycket att han inte hade visslat ett slut på spelet. Även om han kanske borde ha gjort det.

Men det hade ändå varit för sent att gråta över spilld mjölk. Sofia Strömstams man hade legat ohjälpligt totalförlamad och det hade kanske varit bättre för honom att dö på riktigt. Antero hade besökt diskussionsforum om assisterad dödshjälp och innerst inne hade han varit övertygad om att Sofia måste slutföra sitt dåd. Även efter Attes död hade Antero besökt diskussionsforumet och han hade stött på en skrivelse av den självutnämnde detektiven Jonas Österfelts mamma.

Antero kände sig varm inuti och det berodde inte på det tropiska klimatet. Han var övertygad om att han hade räddat Jonas Österfelts mamma, då hennes eutanasidiskussioner hade raderats från Internet. Han hade träffat den sympatiske detektiven förra våren och det hade varit något fascinerande med den vingklippte mannen, som var dubbelt äldre än Antero. Det hade varit intressant att lära sig mera om den arbetslösa mannen, men det var för sent nu. Alla broar till Finland var brända nu. Det hade dock känts bra att kunna göra väntjänsten åt Jonas och att onödiga eutanasiutredningar inte behövde utföras i den Österfeltska familjen.

En flicka med långt, blont hår åkte förbi honom i rullskridskor och Antero tittade beundrande efter henne. Han hade alltid varit svag för blondiner med långt hår. Kanske det var därför som han hade fallit för Sofia? Han mindes dock hur besviken han hade blivit på parkeringsplatsen i Somero, när han hade rynkat på näsan åt lukten från hennes otvättade hår. Hon hade rasat över hans ovillighet, men han hade förstått hennes stressiga situation och kysst henne lugn. Och den svarta peruken hade dämpat lukten en aning. Antero log åt minnet från tre månader tillbaka i maj. Det kändes som för miljoner år sedan.

Han hade lämnat bilen i Amsterdam och köpt en billig charterresa till Curacao, en nederländsk ö i Karibien. Eftersom Antero fortfarande hade befunnit sig inom EU, hade han inte behövt visa sitt pass. En annan legitimation än pass kändes tryggare, ifall han var efterlyst. Det var förstås ett absurt tankesätt, men kanske det var hans trygghetskänsla och självsäkerhet som hade fört honom till Curacao utan att han hade blivit hejdad vid flygets port. Från Curacao hade han åkt med båt till den karibiska ö och stat, där han nu befann sig. Utan att ha behövt använda charterresans returflyg tillbaka till Amsterdam.

Bakfickan på hans brokiga shorts putade ut av hans dollarsedlar. Vad skulle han köpa? Vad kunde minska på hans ensamhet och dåliga självkänsla? En drink med lika overkliga, granna färger som omgivningen runt honom? En het karibisk curry med kyckling, ris och saftiga frukter? En färsk fisk stekt över glödande kol? En skaldjurssallad serverad i en urgröpt ananas? En kvinna? Vänskap med någon lokal fiskare? Ett hus? Var något av dessa viktigt? Skulle han ha kunnat skaffa sig något av detta även under sitt tidigare liv? Innan han kom hit, bärande på en enorm skuldkänsla?

Antero Grönström tittade omkring sig på alla leende par. Nästan alla turister gick hand i hand med sin käraste. Han ville bort. Han skulle inte kunna slå rot på denna ö. Men vart skulle han åka? Någonstans där Sofia Strömstam inte skulle hitta honom när hon väl blev frigiven. Antero tittade fundersamt på några karibiska kvinnor, som dansade i brokiga kläder. De simulerade någon sorts karneval i hopp om att få slantar av turisterna. Antero hade hört att alla brottslingar brukade drömma om att leva loppan i Brasilien. I livets karneval.

I samma ögonblick slog det honom. Hubertus von Dunderholm och hans mamma bodde i Rio! De skulle säkert ta emot honom, om han flyttade till Rio! Med alla sina nyförtjänta pengar skulle han vara jämlik med dessa stormrika von Dunderholms! Antero hade träffat Hubertus några gånger i Fiskars när Antero hade reparerat hans dator på Lillböle gård. De hade kommit bra överens. Där hade Antero också träffat Axel Nordsund, som också bodde där eftersom han var son till disponenten på Lillböle gård. Naturligtvis! Med kontakter i en värld, där någon känner någon, fanns det en lösning på allt.

Antero skulle resa till Rio så fort som möjligt. Han skulle bli vän med Hubertus och i hemlighet skulle det kännas som om han var i Finland igen. Som på den gamla goda tiden. När han hade besökt de västnyländska barerna i Axels skugga. Kanske han hade varit lycklig under den tiden trots allt.

Det karibiska solskenet bländade honom. Framtiden såg verkligen ljus ut. Ett bra liv väntade. Det var något att sikta på.

Den tredje boken om Jonas Österfelt kommer att ges ut år 2016!

Någon vill honom illa. Jonas Österfelt blir övertygad om det när han reder ut sin lindriga minnesförlust. Privatdetektiven får sätta alla sina utredningstalanger på spel, när han undersöker sitt eget fall. Vad har hänt och har han rentav gjort något själv? Och vem är den konstiga drömgestalten som dyker in i hans liv? Igen en gång leder spåren till hans uppväxttrakt Västnyland, där någon har bestämt att NÅGON MÅSTE BORT

Om du gillade denna andra bok med detektiven Jonas Österfelt, kommer du också att gilla del 1, som gavs ut år 2014: NÅGON KÄNNER NÅGON